Geliebte Mumie

Psychedelische Krimis

AF196036

Von

Johannes O. Jakobi

www.tredition.de

© 2015 Johannes O. Jakobi

Verlag: tredition GmbH, Hamburg

ISBN
Paperback: 978-3-7323-2267-1
Hardcover: 978-3-7323-2268-8
e-Book: 978-3-7323-2269-5

Printed in Germany

Inhaltsverzeichnis

Vorrede

Mumien sind äußerst interessante Leichen, sozusagen vermummte Tote. Man weiß nie so genau, wer sich unter diesen düsteren Tüchern verbirgt. Trotzdem werden sie auf den einschlägigen Kunstmärkten dieser Welt für teures Geld gehandelt. Wer aber entscheidet über Authentizität oder Fälschung? Und was passiert, wenn sich jemand ausgerechnet in eine solche Mumie verliebt?

Auch der Markt für Schönheitsoperationen boomt. Hier tummeln sich Scharlatane, Hochstapler und Quacksalber mit falschen Versprechungen. Doch das erkennen die gutgläubigen Opfer erst, wenn etwas schiefgelaufen ist. Wen trifft die Schuld? Den Chirurgen, der seine Grenzen nicht kennt, oder den Patienten, der nimmersatt nach Vollkommenheit strebt? Was aber, wenn es zum ungewollten Rollentausch kommt? Wie steht es da um die Zufriedenheitsgarantie?

Seit jeher existieren Liebesbeziehungen zwischen Schülerinnen und ihren Lehrern. Besonders im Sportunterricht kommt es bisweilen zu „Handgreiflichkeiten". Entweder Frau resigniert oder sie kämpft. Nicht selten endet das Ganze tödlich. Auf der Anklagebank des Lebens sitzen Protagonist und Antagonist einander gegenüber.

Im Spiel zwischen Liebenden scheint alles erlaubt. Das Maß des Genusses errechnet sich aus dem Abstand zwischen Entbehrung und der Befriedigung, getragen vom Nervenkitzel, wenn es um das eigene Leben geht. Was könnte wohl tödlicher sein als handgefertigte Pralinen, die man gemeinsam verzehrt?

Zu allen Zeiten haben sich Menschen vom schönen Schein verführen lassen. Besonders Heiligenscheine waren und sind en vogue. Wer aber verleiht wem diese hohe Würde? Die Hüterinnen des Feuers rätseln darüber, während ihr Schöpfer den Olymp der Unsterblichkeit erklimmen möchte.

Der Tod gehört zum Leben wie die Nacht zum Tage. Sein Erscheinungsbild als Mord ist ebenso vielfältig wie es die Motive sind. Dem einen reicht es, wenn dem Gesetz Genüge getan wird, der andere verlangt nach der Vergeltung von „Auge um Auge, Zahn um Zahn". Doch erst gilt es, den Mörder überhaupt dingfest zu machen. „Mein ist die Rache" scheint dabei ein unwiderstehliches Angebot an den Täter zu sein.

Wenn sich die Crème der Halb- und Unterwelt zu ihrem ersten kriminellen Symposion versammelt, wird, wie könnte es auch anders sein, gefeiert und gemordet. Natürlich alles im exklusiven Ambiente. Doch sobald einer aus dem Rahmen fällt, fallen die anderen sofort über ihn her. Meist ist dabei unklar, wer den Kürzeren zieht, d.h., ins Gras beißen muss. Denn selbst in Gangsterkreisen gilt die grausame, alte Regel: Es trifft immer den Richtigen!

„Mumien – betuchte Leichen"

GELIEBTE MUMIE

Der alte Wachmann sitzt in seiner Ecke, leicht verdeckt vor den Blicken der Museumsbesucher. Seine einzige Aufgabe besteht darin, die kostbare Mumie aus dem antiken Ägypten vor etwaigen Übergriffen zu schützen, aufzupassen, dass ihr keiner zu nahe kommt oder sie gar berührt. In solchen Fällen, die gottlob recht selten sind, wird er rabiat, fährt aus seinem Eckversteck hervor, bereit zu kämpfen. Doch nicht allein, weil es seine Pflicht ist, sie zu schützen, ist er willens, jederzeit sein Leben für sie zu opfern. Oh, er liebt sie! Seine Mumie, wie er stets betont. Es soll sich bei ihr um eine Prinzessin handeln, und in seiner Ecke sitzend, träumt er davon, wie schön sie damals gewesen sein musste. Voll königlicher Anmut und Würde dürfte sie einst durch die Gänge ihres väterlichen Palastes gewandelt sein, ihre treue Sklavin ehrfürchtig mehrere Schritte dahinter gehend. Allmorgendlich wird sie gebadet, mit seltenen Ölen massiert, mit wohlriechenden Essenzen parfümiert, danach in kostbare Gewänder gehüllt. Und der alte Wachmann errötet, wenn er sich ihren vollkommenen Körper vorstellt. Doch sind dies gewiss keine unkeuschen Gedanken, sondern einzig der Stolz eines Vaters auf die edle Schönheit seiner einzigartigen Tochter.

Ein Wermutstropfen indes trübt seine heimlichen Freuden, denn jener Tag seiner Pensionierung rückt unaufhaltsam näher und damit auch der endgültige Abschied von seiner geliebten Mumie. Natürlich könnte er sie jederzeit ansehen kommen, das war ihm vom Direktor versprochen worden. Doch freier Eintritt hin oder her, es würde niemals mehr wie früher sein, wenn er, nachdem der letzte Besucher das Museum verlassen hatte, noch still und entspannt sitzen durfte, weil keine Gefahr mehr für seine tote Geliebte zu erwarten war.

Da irrt er sich nun gewaltig, denn die Bedrohung für die Mumie kommt nicht von außen, sondern von innen. Und dies ausgerechnet von einem, der sie ebenfalls liebt. Jedenfalls weit mehr als seine eigene Ehefrau, mit der er sich täglich wegen ihr streitet. Ständig zweifelt diese deren wissenschaftliche Echtheit an:

„Deine blöde Mumie ist garantiert eine Fälschung. Nicht einmal eine besonders gute, sage ich dir. Sie wirkt so, wie soll ich es ausdrücken, wenig authentisch, zu schlampig verpackt, übertrieben mumienhaft. Du hast dich bei ihrem Erwerb über den Tisch ziehen lassen, mein Lieber, hast deine kritischen Wissenschaftleraugen bewusst geschlossen gehalten, weil du es nicht wissen wolltest! Wickle sie doch aus und du wirst erkennen müssen, dass es sich vermutlich um eine erst kürzlich ermordete Straßendirne aus Kairo handelt und keineswegs um eine echte Prinzessin aus Memphis!"

Es hat gar keinen Sinn, auf diese miesen Anwürfe fachlich replizieren zu wollen, denn seine Frau ist ebenfalls Ägyptologin und eine gute überdies. Sie insistiert:

„Lass sie doch einmal mit dem Tomografen untersuchen, über die Kohlenstoffanalyse ihr wirkliches Alter bestimmen! Du würdest ganz große Augen machen. Könnte durchaus sein, dass sie zwar auch achtzehn war, als man sie mumifizierte. Aber erst vor drei Jahren und nicht vor dreitausend! Eine, billige, kleine Nutte, die in irgendeiner dunklen Ecke im Basar ihr Geld verdiente! Also zieh sie aus!"

Es kostet ihn sehr viel Überwindung, diese gemeinen Schmähungen schweigend zu ertragen. Stattdessen entscheidet er sich, hinunter ins Museum zu steigen und einen weniger gefährlichen Plausch mit dem alten Wachmann zu halten. Dem sollte seine Frau das alles mal an den Kopf werfen! Der würde sie vor Zorn erschlagen und sie hinterher tatsächlich unsachgemäß und keineswegs fachmännisch in fleckiges Butterbrotpapier einwickeln und im Backofen dörren lassen! Das freilich sind bloße Gedankenspiele, die sich wohl kaum realisieren lassen dürften. Höhnisch ruft sie ihm noch nach, dass er ruhig zu seinem Flittchen gehen und es begrapschen könne.

Es wäre durchaus vorstellbar, dass seine Frau mit ihren unverhohlen geäußerten Verdächtigungen nicht ganz unrecht haben könnte, denn die Quelle, aus der er seine Ägypterin bezogen hat, gilt in Fachkreisen als etwas dubios. Doch darüber setzte er sich großzügig hinweg, wollte für sein Museum eben auch eine eigene Mumie in Besitz nehmen. Da durfte man nicht zu zimperlich sein. Zudem musste für ihre Echtheit nicht zuletzt der Preis sprechen, denn der hatte den Jahresetat seines Museums um mehr als das Doppelte überstiegen. Für eine Fälschung derart viel Geld ausgegeben zu haben, das konnte und durfte er sich nicht leisten. Es hätte ihn nicht nur seine Reputation als angesehener Wissenschaftler gekostet, sondern gleichfalls seine leitende Stellung im Museum.

Wohl wären so Zank und Streit mit seiner Frau endlos weiter gegangen, wenn deren Misstrauen sie nicht auf eine wirklich verdächtige Spur gebracht hätte. Irgendwann des Nachts hatte sie, als der Wachmann zu Hause war, die Mumie heimlich gewogen und angeblich eine signifikante Abweichung zum üblichen Gewicht von Mumien dieses Alters und dieser Provenienz festgestellt. Nicht nur eine ernste Ehekrise bahnt sich daraufhin an, nein, sie droht auch, die Mumie auf deren Echtheit durch eine Gruppe junger, ambitionierter Physiker, deren Bekanntschaft sie auf einem Kongress gemacht hatte, untersuchen zu lassen. Das aber kann er nicht zulassen. Mit ihrer Forderung spricht sie gleichsam ihr eigenes Todesurteil aus!

Als sie eines Morgens ahnungslos unter der Dusche steht, ist es soweit. Mit einem gezielten Stich neben ihr linkes Schulterblatt dringt der scharfe Stahl bis hinein in die Herzkammer. Als sie zu Boden fällt, ist sie bereits tot. In voller Absicht belässt er die Leiche dort, damit sie komplett ausbluten kann, ohne Schmutz zu machen oder Spuren zu hinterlassen.

Doch so rasch die Tat auch ausgeführt ist, so sehr bereitet jetzt die Entsorgung der Toten längeres Nachdenken und Kopfzerbrechen. Für eine gewisse Zeit könnte er sie im kühlenden Museumskeller zwischenlagern, ohne dass ihr Verschwinden bemerkt und neugierige Fragen über ihren Verbleib aufgeworfen würden, denn als Wissenschaftlerin ist sie oft monatelang in der ganzen Welt unterwegs, um zu forschen, Vorträge zu halten oder an Ausgrabungen teilzunehmen. Das also stellt kein nennenswertes Problem dar.

Zwei Tage später wird der alte Wachmann in den wohlverdienten Ruhestand entlassen. Dem ist indes so gar nicht nach Feiern zumute, muss er damit auch seine geliebte Mumie schutzlos zurücklassen. Am liebsten hätte er sie zu sich nach Hause mitgenommen, seine doch viel, viel ältere Prinzessin. Genau diesen unerfüllbaren Wunsch bekundet er bei einem kleinen Sektempfang ihm zu Ehren für fast 50-jährige treue Dienste. Der Direktor, der um diese heimliche Liebe des Wachmannes zu seiner Mumie weiß, flachst noch:

„Letzte Woche habe ich noch mit meiner Frau über das wahre Alter unserer kleinen Prinzessin ziemlich heftig diskutiert. Wenn alles klappt, werden wir bald eine neue Mumie ins Museum holen können. Dann dürfen sie diese hier getrost mitnehmen. Bis dahin allerdings müssen sie sich noch ein wenig gedulden. Aber sie läuft ihnen ja nicht weg. Schließlich können sie jeden Tag kommen, sie ansehen und sich darauf freuen!"

Genau das ist die brillante Lösung des leidigen Entsorgungsproblems. Er wird die Leiche seiner Frau einfach mumifizieren und sie anschließend dem Wachmann schenken. Er wird ihm sagen, dass wissenschaftliche Zweifel aufgekommen seien und er die alte gegen die neue Mumie tauschen werde. In Wahrheit jedoch behält er sie, übereignet aber seine Frau an den Wachmann. Der dürfte, mehr als glücklich, Stillschweigen über den Deal bewahren und die falsche Prinzessin stolz in seinen Besitz nehmen. Natürlich würde er, da er ja kein Kenner war, nicht bemerken, um wen es sich da in Wirklichkeit handelte. Auf diese so simple wie geniale Weise wäre beiden gedient: Man tauscht kurzerhand die Frauen!

Nun, da diese delikate Frage beantwortet ist, gilt es, sich flugs an die Arbeit des Präparierens zu machen, denn eine Mumifizierung benötigt Zeit und Kunstfertigkeit, ist auch für den Fachmann ein längerer Prozess.

Zuerst werden die Organe durch einen Schnitt an der linken Bauchseite entnommen. Traditionsgemäß wurden sie in jeweils separaten, sogenannten Kanopenkrügen verwahrt und einem bestimmten Schutzgott zugeordnet: Die Leber dem Imsety, die Lunge dem Hapy, der Magen dem Duamutef und die Gedärme dem Qebehsenuef. Danach wurden die Krüge mit Natron abgedichtet und versiegelt. Einen solch enormen Aufwand mit den Organen will der Direktor schon aus Glaubensgründen verständlicherweise nicht treiben und entsorgt sie äußerst profan auf dem Bio-Müll hinterm Haus. Üblicherweise verblieb das Herz an seinem angestammten Platz im Körper, da man annahm, dass es der Sitz für den Geist und die Gefühle war. Aus Pietät belässt es der Direktor dort auch im Körper seiner toten Ehefrau. Anschließend wird das Gehirn mit einem langen Haken durch die Nase entfernt. Es aufzubewahren, lohnte sich offenbar schon damals nicht. Soweit vorbereitet, muss die Leiche in Salz und Natron gelegt werden, um ihr im Verlauf von 40 Tagen sämtliche Flüssigkeit zu entziehen. Höllisch viel Natriumchlorid ist dafür vonnöten. Allein die Besorgung dieser Menge an Ingredienzen, ohne dass es auffällt, nimmt mehrere Tage in Anspruch. Anfangs kostet es ihn durchaus einige Überwindung, die leere Körperhülle einer einstmals geliebten Person nun dick mit Salz einzureiben, um diese wie einen gemeinen Hering auf Dauer zu konservieren.

Nachdem dieser Vorgang des Trocknens abgeschlossen ist, muss die Leibeshöhle ausgestopft werden. Da es sich um die eigene Frau handelt, wird bevorzugt Unterwäsche aus Baumwolle dazu verwendet, nicht jedoch BHs mit verdrahteten Körbchen, da das Metall oxidieren oder mit einem Detektor geortet werden könnte. Das nochmalige rituelle Waschen mit Nilwasser erspart er sich aus Gründen der Logistik. Sodann wird der Körper mit kostbaren Harzen, streng gehüteten, geheimen

Würzmischungen, vor allem aber mit Formaldehyd behandelt und versiegelt, bevor Lage um Lage die Streifen aus Leinenstoff, erst gesondert um die Extremitäten, dann über den ganzen Körper geschlungen und gewunden werden. Durch die verwendeten Harze verkleben die einzelnen Tuchstreifen zu einer kompakten Hülle. Dann folgt der Prozess des Dörrens in künstlicher Hitze, damit die dunklen Pigmente der Spezereien gut in das Leinen ausdünsten und es färben können. Im Verlaufe ihrer Präparation schrumpft die Leiche um bis zu zwanzig Prozent an Größe und wird schließlich zu dem, was sie vorgeblich jetzt sein soll: Eine uralte Prinzessin aus versunkenen Gräbern mitten im Wüstensand! Das noble Geschenk des Museumsdirektors an seinen getreuen Wachmann nähert sich der Vollendung. Mächtig stolz ist er auf sein Werk und das perfekte Verbrechen.

Ein kleines Problem freilich besteht darin, dass er den alten Wachmann einweihen muss, denn dieser würde niemals glauben, dass ihm ein so kostbares Geschenk gemacht wird. Doch der Direktor ist sich sicher, dass dieser für den Preis seiner geliebten Mumie im Austausch für die getötete Ehefrau auf ewig schweigen wird. Auf dem Markt für Fälschungen von Artefakten wird ohnehin nicht so genau geschaut und geprüft.

Man kann aber nicht einfach während des laufenden Museumsbetriebs die Mumie von ihrem Lager nehmen, lässig schultern und sie hinweg tragen. Das muss nach Feierabend und im Schutze der Dunkelheit bewerkstelligt werden. Schließlich sind da Alarmanlagen, die es vorab auszuschalten gilt. Dies vermag der Direktor nur zusammen mit einem zweiten Schlüssel, die gleichzeitig an verschiedenen Stellen gesteckt werden müssen. Gerade der alte Wachmann ist Kenner der internen Überwachungssysteme und weiß um die geheimen Wege zu den Ausgängen.

Beinahe wäre trotz aller sorgfältiger Vorbereitung noch ein Malheur passiert. Der alte Wachmann, der nie zuvor seine so behütete Mumie hat anfassen dürfen, erschrickt wie unter einem elektrischen Schlag bei der intimen Berührung. Zudem meldet sich sofort sein Gewissen, welches ihn auffordert, von jener Untat des Diebstahls abzusehen, was er selbst immer hat verhindern sollen. Es kostet den ungeduldigen Direktor durchaus Zeit, den mit sich kämpfenden Wachmann zu überreden. Erst mit der Drohung, ihn im Weigerungsfalle künftig nicht mehr ins Museum zu lassen, fällt die Entscheidung.

„Mensch, sie kriegen unsere geliebte Prinzessin geschenkt und jammern wie ein altes Waschweib! Also, los jetzt!"

Als die Mumie endlich auf der Rückbank des Dienstwagens verstaut ist, kann sich der Direktor kaum ein Lachen verkneifen. Der alte Wachmann, offenbar in größter Sorge um das Wohlergehen seiner schönen Prinzessin, kniet mit dem Rücken in Fahrtrichtung und hält schützend beide Arme um sie geschlungen. ‚Ja, pass nur gut auf, dass ihr nichts Übles geschieht! Immerhin ist sie ihr Geld doppelt wert, aber das wirst du erst erkennen, wenn du sie lange genug angeschaut hast. Dann werden auch dir die Zweifel an ihrer Echtheit kommen und du wirst sie zurückgeben und die andere dafür haben wollen. Du wirst denken, dass ich ein Schlitzohr gewesen sei und dich über den Tisch gezogen hätte. Du wirst die echte Mumie gegen meine tote Ehefrau zurücktauschen wollen. Ich werde dir den faulen Transfer nicht leicht machen, erst alles abstreiten, es dann doch zugeben, mich deiner Erpressung mit der Polizei scheinbar beugen. Oh, wie gerne werde ich dir die falsche überlassen, wenn du mir dafür die richtige wieder gibst! Dann kannst du dich um meine Ehefrau kümmern und sie befingern, wann und wo du auch immer willst. Du dummer, alter Mann!'

Das hat sich der Museumsdirektor fein ausgedacht. Dem Alten würden irgendwann wirklich die Bedenken kommen, dass er die Fälschung statt des Originals erhalten hat, denn der Direktor würde doch niemals sein bestes Stück herausgeben. Dabei tut dieser genau das, rechnet mit dem bald aufflammenden Misstrauen des Wachmannes bezüglich der Authentizität seiner Beute. Er wird Auffälligkeiten finden, die gar nicht da sind, sondern nur als Phantome vor seinen Augen flimmern. Der Wachmann wird Krach schlagen ob des vermeintlichen Betrugs, und auf seinen Druck hin wird er diesem seine Frau überlassen und die echte Mumie zurücknehmen. Ein Psychospiel der feinen Subtilitäten. Perfekt!

Doch das große Schicksal sorgt für filigranere Verschlingungen als der kleine Mensch so plant. Ein anderes Ereignis schiebt sich dazwischen, verkompliziert alles. Eine Finanzrevision kündigt sich an! Offenbar ist bei einer internen Prüfung aufgefallen, dass nicht allein die Bankkonten des Museums gähnend leer sind, sondern auch der Kreditrahmen mehr als ausgereizt ist, sodass auf absehbare Zeit kein Geld für weitere Neuanschaffungen zur Verfügung steht. In derlei Dingen versteht die Finanzaufsicht selten Spaß. Noch ist es nur der Revisor, dem der Direktor jetzt ziemlich kleinlaut gegenüber sitzt. Nachdem er seinen Übergriff eingestanden und alles gebeichtet hat, kommt auch prompt die Strafpredigt:

„Was haben sie sich nur dabei gedacht, Guttmann? Sind sie von Sinnen? Geben den Etat für fast drei Jahre aus, um eine Mumie zu erstehen, deren Herkunft mehr als dubios ist!"

„Sie ist aber echt!"

Doch der Revisor wischt seinen Einwand einfach weg:

„Das behaupten sie, aber ob das so stimmt, mag dahingestellt sein. Was bleibt, ist ihr grobes Fehlverhalten, das schlicht inakzeptabel ist. Noch bin ich es, der hier recherchiert, aber in Kürze wird es ein ganzes Gremium sein, dem sie Rede und Antwort stehen müssen. Wie deren Befragung und auch letztlich die Entscheidung aussehen wird, das brauche ich ihnen wohl kaum näher zu erläutern!"

Dr. Guttmann sitzt wie ein Häuflein Elend und sieht bereits seine fristlose Kündigung wie ein Menetekel an der Wand. Gegen die Statuten verstoßen zu haben, dürfte sein Karriereende bedeuten. Der Revisor sieht die Zerknirschtheit, weist auf einen Ausweg hin:

„Mensch, Guttmann, machen sie Nägel mit Köpfen! Verkaufen sie das Ding! So schnell es geht! Subito! Legen sie das Geld in die Kasse zurück! Lassen sie eine Extra-Expertise anfertigen, damit die Sache nicht ruchbar wird, und dann weg mit dieser verdammten Mumie! Klar?"

Als Dr. Guttmann zustimmend nickt, legt ihm der Revisor zum Abschied jovial seine Hand auf die Schulter, orakelt:

„Ich habe mir ihre Mumie mal etwas genauer angesehen. Bin kein Fachmann, aber irgendetwas stimmt damit nicht. Doch, sei's drum, sie kommt ja weg. Verkaufen sie sie einfach nach China! Ha, ha, ha! Und grüßen sie mir die werte Gemahlin! Wo treibt sie sich denn im Moment so rum? Verschollen in den unterirdischen Labyrinthen zwischen Giseh und Luxor, munkelt man. Na, nichts für ungut, solange sie nicht selbst als Mumie plötzlich irgendwo auftaucht. Ha, ha, ha!"

Diese fatale Wendung seines genialen Plans hat der Direktor nicht antizipieren können. Hat der Revisor nur geblufft oder ahnt er was? Er sitzt in der sprichwörtlichen Patsche, soll die Mumie seiner Frau verkaufen, die er doch dem Wachmann im Austausch für seine geliebte Prinzessin andrehen will! Eine vertrackte Situation! Er muss den Wachmann töten, um an die richtige Mumie zu kommen, denn dieser wird freiwillig keinen Verzicht leisten. Danach wird er seine Frau verkaufen, um das nötige Geld aufzutreiben. Doch wohin mit der Leiche des Wachmannes? Keine Frage, eine dritte Mumie muss her! Eile ist jetzt geboten, die leidige Angelegenheit duldet keinen Aufschub! Entschlossen steigt er hinab in den Museumskeller, um dort die nötigen Vorbereitungen für eine weitere Mumifizierung zu treffen. Für den Tipp des Revisors ist er sogar dankbar, denn auch der Wachmann wird dann auf seine letzte Reise nach China gehen. Damit könnte er sogar noch etwas Geld zuschießen, wenn der Verkauf seiner Frau nicht die benötigte Summe erbringen sollte.

Doch halt! Wieder greift ihm das Schicksal ins Steuerrad. Als er an einen Stapel der alten Kartons stößt, die da etwas unorthodox und wacklig übereinander stehen, und einer von ihnen zu Boden fällt und seinen Inhalt frei gibt, glaubt er, seinen Augen nicht trauen zu können. Er hebt das Ding auf, mustert es von allen Seiten und will es dann angewidert in den Karton zurückwerfen. Da kommt ihm eine Idee, über die er erst einmal lachen muss, so skurril scheint sie. Ist sie das wirklich? Nein, keinesfalls! Zumindest ist sie einen Versuch wert. Die ganze unappetitliche Sache würde damit erheblich verkürzt werden, und der alte Wachmann brauchte auch nicht zu sterben.

Kurz nach Abschluss des Prozesses der Präparation der neuen Mumie tritt genau das ein, was Dr. Guttman im Rahmen seines taktischen Täuschungsmanövers so geschickt eingefädelt hat: Der Wachmann will die richtige Mumie gegen die falsche tauschen. Wie antizipiert, hat ihm die zu intensive und intime Betrachtung die Sinne getäuscht und ihn Abweichungen vom Original erkennen lassen, die es gar nicht gibt. Gekonnt schauspielernd, zuckt Guttmann wie ertappt zusammen, was den rebellischen Wachmann nur in seiner Überzeugung und seinem Entschluss bestärkt. Wie ein Aal windet sich der Direktor und ist nur unter massiven Drohungen bereit, in den Tausch einzuwilligen. In einer neuerlichen Nacht- und Nebelaktion wird die Operation von Rückführung der richtigen und Rücktransport der falschen Mumie durchgeführt. Mit dem Ergebnis eines überglücklichen Direktors und eines doppelt fürsorglichen alten Mannes im Auto. Letzterer allerdings ist neuerlich ausgetrickst worden, denn im Austausch für die echte Mumie hat er jetzt nicht etwa die tote Frau Guttmann erhalten, sondern die neue, die der listige Direktor gerade erst mumifiziert hat. In weiser Voraussicht hat sich Dr. Guttmann für diesen dritten Schritt entschieden, denn er darf kein weiteres Risiko mehr eingehen. Sollte der alte Wachmann nämlich sterben, würde man die mumifizierte Frau Guttmann bei ihm finden und diese umgehend aus ihren Leinenstreifen wickeln, denn wie sollte ein Wachmann an eine echte Mumie gekommen sein. Die Spur würde eindeutig zum Direktor führen, und das wäre es dann gewesen. Mit dieser dritten Mumie im Spiel aber reduzierte sich das Risiko, selbst erwischt zu werden, auf null.

Bereits in der folgenden Woche steht deshalb die mumifizierte Ehefrau des Direktors zum Verkauf. Dr. Guttmann hat einen befreundeten Ägyptologen, der ihm noch einen großen Gefallen schuldet, dazu gebracht, eine umfangreiche und positive Expertise für ihn zu erstellen. Die tote Frau Dr. Guttmann ist nun gleichfalls zu royalen Ehren gelangt und wird an einen neureichen chinesischen Sammler verkauft. Wie zu erwarten war, ist die erlöste Summe dennoch nicht ausreichend, das Loch im Etat des Museums zu stopfen. Doch der Direktor, nach einer schicklichen Pause des Abwartens, ob der alte Wachmann nun auch wirklich zufrieden ist, macht sich deshalb daran, weitere Mumien zu erschaffen.

Dazu sind, wie bereits bei der Mumie des alten Wachmannes, keine gewaltigen Mengen an Natron und Salzen vonnöten, deren Kauf ihn möglicherweise verraten könnte. Im Gegenteil! Nicht ein einziges Körnchen Salz braucht er. Dennoch muss er dazu in die Stadt fahren, eine andere, fremde Stadt, damit er nicht zufällig erkannt werden kann, wenn er kauft, was er braucht. Und der Erfolg soll es ihm lohnen. Mit weiteren „Expertisen" werden immer neue „Mumien" für einen nimmersatten Markt erzeugt, feilgeboten und verkauft. Höher und höher werden die gezahlten Summen, denn diese Retortengeschöpfe wirken authentischer als authentisch. Es seien eben die besseren Mumien, wie Dr. Guttmann behauptet. Bald schon ist nicht allein die Gefahr gebannt, dass er wie ein reuiger Sünder vor einem Tribunal Farbe bekennen muss. Nein, auf den Konten seines Museums manifestieren sich die Verkaufserlöse, saldieren sich die Guthaben in siebenstelligen Beträgen. Der Revisor zeigt sich mehr als zufrieden:

„Hervorragende Arbeit, mein lieber Guttmann! Vor dem Gremium brauchen sie nicht mehr anzutreten. Habe umfangreich Bericht erstattet und dabei sogar eine Belobigung für sie herausgeholt, mein Lieber! Aber verraten sie mir doch: Wo holen sie all diese Mumien her? Der Markt müsste doch eigentlich völlig ausgetrocknet sein, nachdem diese Schlitzaugen, äh, meine natürlich die Chinesen, alles aufgekauft haben?"

Als Dr. Guttmann nicht so recht mit der Sprache raus will, klopft ihm der Revisor wie seinerzeit jovial auf die Schulter:

„Na, lassen sie mal gut sein! Wer viel fragt, kriegt auch viele Antworten, nicht wahr? Also grüßen sie ihre Gattin recht angelegentlich von mir! Sie soll sich ja, wie ich hörte, derzeit in der Verbotenen Stadt aufhalten. Dr. Wang Sing will sie dort erkannt haben. Na ja, Schwamm drüber! Dort ist sie ja sicher aufgehoben. Aber was ich noch sagen wollte: Auch meine Frau würde gerne mal für längere Zeit nach

China reisen, wenn sie verstehen, was ich meine. Denken sie in aller Ruhe darüber nach, mein lieber Guttmann, und lassen mich ihre Entscheidung baldmöglichst wissen!"

Na, das hatte gerade noch gefehlt! Wieder diese Elendsarbeit des Entleerens, des Einsalzens, des unappetitlichen Entfernens des Gehirns! Dr. Guttmann hat sich zu sehr an die neue Bequemlichkeit der Mumifizierung gewöhnt, doch kann er sich dem so nachdrücklich geäußerten Wunsch des Revisors nicht entziehen. Eines Nachts bringt dieser seine Ehefrau persönlich vorbei, besteht sogar darauf, anwesend zu sein, wenn Dr. Guttmann fachmännisch die linke Bauchseite öffnet, Leber, Lunge, Magen und Gedärme entnimmt und diese den jeweiligen Gottheiten, Imsety, Hapy, Duamutef und Qebehsenuef, zumindest rituell zuordnet. Dr. Guttmann arbeitet konsequent und professionell, hat keine seiner Fähigkeiten verlernt; der Revisor zeigt sich beeindruckt von der raschen Veränderung seiner Gattin. Er sieht diese Wissenschaft jetzt mit ganz anderen Augen.

Auf Dauer freilich lässt sich auch eine seriöse Wissenschaft nicht prostituieren. Noch ist in den Kellern des Museums der Mumifizierungsprozess der Ehefrau des cleveren Revisors nicht abgeschlossen, da stirbt der alte Wachmann. In seiner Wohnung findet man eine ägyptische Mumie, die er gestohlen haben musste. Niemals hätte er eine solche mit seinen spärlichen Geldmitteln erwerben können. Vorsorglich wird der seltsame Fund beschlagnahmt; eine wissenschaftliche Kommission soll darüber befinden, wer oder was sich in dieser Hülle verborgen befindet und wie im Anschluss daran mit dieser Mumie zu verfahren ist.

Pikanterweise werden auch Dr. Guttmann und sein nur allzu testierfreudiger Freund in das Gutachtergremium berufen. Kunstraub oder Fälschung? Die Meinungen sind widerstreitend, die Beurteilungslage steht Kopf. Außer Guttmann und Freund sind sich alle anderen Experten einig, dass es sich um eine echte Mumie handeln muss. Den Ausschlag gibt dabei jene höchst plausible Überlegung, dass der Verstorbene ja selbst so etwas wie ein Experte gewesen sei, da er jahrelang über die Sicherheit einer Mumie gewacht habe. Deshalb sei gewiss nicht anzunehmen, dass er sich eine Fälschung besorgt haben könnte. Dabei bleibt die entscheidende Frage, woher diese Mumie stammen könne, unbeantwortet, denn keines der in Betracht kommenden Museen hat einen derartigen Diebstahl gemeldet.

Während sich der fachwissenschaftliche Diskurs über Wochen hinzieht, ist die nächtliche Arbeit an der Frau des Revisors beendet. Sie tritt ihre letzte Reise nach China an, wo ein neuer Mann ihrer bereits ungeduldig harrt. Dr. Guttmann kann aufatmen, so schnell wie möglich alle verräterischen Gerätschaften und Instrumente außer Haus bringen und die Kanopenkrüge der Herren, Imsety, Hapy, Duamutef und Qebehsenuef zerschlagen. Das ist auch gut so, denn eine Gruppe junger, ambitionierter Anthropophysiker erklärt sich bereit, Untersuchungen am Objekt vorzunehmen, ohne etwas daran zu beschädigen.

Zusammen mit der verdächtigen Mumie wandert das Gremium der Wissenschaftler in den physikalischen Fachbereich der städtischen Universität. Magnetresonanzbilder werden erstellt, Altersbestimmungen nach der Kohlenstoff 14-Methode folgen. Eine Sonde mit einer völlig neuartigen Technik kommt zum Einsatz, mit der tief in das Innere geblickt werden kann. Sie soll letzte Gewissheit erbringen. Mit größter Spannung wird das Ergebnis erwartet und verkündet:

„Im untersuchten Objekt findet sich eine Mischung aus Sauerstoff und Stickstoff, das heißt, Luft! Einfacher Luft, die wir alle atmen. Und sie ist keineswegs tausende von Jahren alt, sondern frisch und mit den üblichen Beimischungen an Schadstoffen aus unserer Umwelt belastet! Außerdem scheint es sich bei der Hülle nicht um menschliche Haut zu handeln, sondern vielmehr um ein synthetisches Gewebe aus Latex, Gummi und Farbstoffen!"

Nicht allein die Fachwelt hat ihre Sensation, auch die öffentlichen Medien stürzen sich auf den Fall. Noch im Beisein des wissenschaftlichen Gremiums wird die Mumie aus ihren schützenden Tüchern gewickelt, werden sorgsam die Verklebungen gelöst und die Harzversiegelungen entfernt. Nackt und schön liegt sie jetzt vor aller Augen, fast könnte man sagen, prall gefüllt mit Leben. Doch als der Sprecher des jungen Wissenschaftlerteams an einer verborgenen Stelle einen Stöpsel zieht, atmet die Schöne ein letztes Mal hörbar aus und fällt rückgratlos in sich zusammen. Immer wieder dieselbe Schlagzeile: Eine Gummipuppe!

„Ist das denn zu fassen! Er hat sich dieses Ding aus irgendeinem Sexshop besorgt und als Mumie präpariert!"

Und natürlich die Frage aller Fragen: „Hat er mit ihr …?"

Sämtliche Augen, Kameras und Mikrofone richten sich jetzt auf Dr. Guttmann, den ehemaligen Chef:

„ Bei Imsety, Hapy, Duamutef und Qebehsenuef, nein! Hat er nicht! Wir alle haben gesehen, dass die Mumie, als wir sie noch als eine solche ansahen, unbeschädigt und ungeschändet war. Mit an Sicherheit grenzender Wahrscheinlichkeit hat sie der alte Wachmann nur besitzen und ansehen, vielleicht auch gelegentlich einmal berühren wollen. Die echte Mumie der ägyptischen Prinzessin ist im Museum verblieben, als er in Rente ging. Er muss sie sehr geliebt haben, wenn er sich derart kunstfertig ein perfektes Replikat geschaffen hat."

„Schönheitschirurgie – Versuch, die Natur mit Messern auszubessern"

HILFLOS UNTER MESSERN

Wie immer riecht es aufdringlich nach diesen Desinfektionsmitteln. Irene liegt in ihrem Bett, wird von einer freundlichen Schwester über den langen Gang hin zum Operationssaal gerollt. Sie spürt die Bewegung, kann die zurückgelegte Entfernung anhand der oben in die Decke eingelassenen Kaltlichtlampen locker errechnen: Drei Schritte, eine Lampe, sechs Schritte, die zweite, und so fort, also etwa sechsundzwanzig Meter. Irene, in ihrem Engelskittelchen, fröstelt.

„Wir sind gleich da. Sie brauchen keine Angst zu haben."

Ja, freundlich sind sie alle hier, angefangen von der Hilfsschwester, die die Mahlzeiten serviert, bis zum Oberarzt, der beruhigend auf die Patientinnen einspricht. Nur der Chefarzt gibt sich spröde, recht unnahbar, aber das gehört eben zu seiner exponierten Stellung in der Klinik. Er ist der Papst, operiert ausschließlich die von ihm erwählten Damen. Natürlich nur gegen einen nicht gerade lumpigen Aufschlag beim Honorar, versteht sich. Die anderen, als weniger betucht eingestuften Frauen, verteilen sich auf zwei weitere Ärzte. Irene zählt zu den Auserkorenen, genießt Chefarztbehandlung mit VIP-Status. Dieser privilegierte Umstand lässt sie entspannt in ihrem rollenden Bett ruhen. Warum sollte sie Angst haben, befindet sie sich doch in allerbesten Händen. Was sie freilich nicht wissen, nicht einmal ahnen kann, ist, dass sie diese anstehende Operation keineswegs mehr vergessen wird. Der Grund dafür ist einfach: Diese OP geht gründlich daneben, denn dem göttergleichen Chefarzt wird ein verhängnisvolles Missgeschick unterlaufen. Ausgerechnet bei einer Standardoperation, die er bereits etliche Male erfolgreich beendet hat. Mit geschlossenen Augen könnte er diesen läppischen Eingriff durchführen. Heute hingegen nützen ihm auch die scharf geschliffenen Gläser seiner Brille nichts, weil er mit dem Skalpell abrutscht und dabei tief in das Brustgewebe seiner schlafenden Patientin einschneidet. Diese merkt, dank der gnädigen Narkose, davon erst einmal nichts. Auch nichts von dem Aufruhr im OP und einem nun längst nicht mehr so blasierten und arroganten Chefarzt.

„Saugen, verdammt noch mal! Klemme! Tupfer! Noch mehr saugen, habe ich gesagt, ich kann nichts sehen. Die blutet ja wie ein Schwein! Verfluchte Scheiße!"

Wir verlassen diesen ungastlichen Ort mit seinem tobenden Operateur und wenden uns stattdessen der ahnungslosen Irene zu. Die ist bald wieder zurück in ihrem Zimmer, noch leicht benebelt von der Narkose. Schmerzen spürt sie keine in ihrer linken Brust. Kann sie auch nicht, denn diese ist ihr zuvor komplett entfernt worden. Außerdem wird sie noch genügend dämpfende Mittelchen erhalten, sodass sie noch tagelang nichts von deren Fehlen bemerken würde. Die Versorgung ist weiterhin dem Tagesgeld angemessen. Nur der Chef ist feige, schickt seinen Oberarzt vor, der besser mit Frauen kann:

„Ich sehe, sie sind wieder hellwach und guter Dinge, liebe, gnädige Frau. Das freut mich außerordentlich. Das ist recht, dass sie so tapfer sind."

Irene bezieht seine Aussage auf die vorangegangene Operation, nimmt sie als Kompliment, lächelt und antwortet mit einem Scherz:

„Ich kann leicht tapfer sein, wenn der Chef seine große ärztliche Kunst zu meiner vollen Zufriedenheit ausgeübt hat, während ich geschlafen habe, Herr Doktor."

Der Oberarzt lächelt zurück, doch ist es eher ein recht mühsames Grinsen. Dann jedoch zieht er ein sorgenvolles Gesicht, faltet die Hände wie bei einem heimlichen Gebet und relativiert das falsche Kompliment:

„Nun, in der Tat, gnädige Frau, haben wir unser Bestes gegeben. Leider jedoch", hier zögert er, sucht nach den richtigen Worten, „ist es zu unerwarteten Komplikationen gekommen. Unser Chef hat alles nur Erdenkliche versucht, doch wir konnten ihre linke Brust nicht mehr retten. Leider. Wir konnten nichts tun. Leider. Der Chef musste sie vorsichtshalber amputieren, weil sie sonst an den Blutungen gestorben wären, liebe, gnädige Frau. Er hat ihnen sozusagen das Leben gerettet."

Wieder dieses gequälte Lächeln. Irene glaubt, sich verhört zu haben:

„Was sagen sie da? Sie mussten mir die Brust abnehmen? Weil ich sonst verblutet wäre? Die ganze linke Brust? Machen sie bitte keine Witze mit mir, Herr Doktor!"

„Nein, nein, gnädige Frau, das ist kein Scherz. Wir bedauern das auch außerordentlich, aber unter ärztlichen Gesichtspunkten konnten wir gar nicht anders handeln." Er lügt: „Bei ihnen war unter ihrer Brust eine Arterie geplatzt, an die wir sonst nicht herangekommen wären. Unser Chef hat wirklich großartige Arbeit geleistet."

Vor Irenes Augen wird es erst schwarz, dann tanzen dort Feuerkreisel, die zu Teufelsfratzen mutieren. Eine wahnsinnige Angst durchflutet und schüttelt sie. Ihre Hände krallen sich in die Bettdecke. Der Oberarzt nutzt ihre momentane Sprachlosigkeit, will, nachdem er diese Tatarennachricht überbracht hat, gleich positiv nachlegen:

„Sobald die Wunde verheilt ist, werden wir mit dem Aufbau ihrer Brust beginnen. Hinterher werden sie kaum noch einen Unterschied feststellen können. Wir würden ihnen sogar bei der Kostenfrage großzügig entgegen kommen, gnädige Frau. Natürlich ausschließlich aus Kulanzgründen, denn es ist ja nicht unser Verschulden, dass es dazu kommen musste."

Was bleibt Irene anderes übrig, als dieses scheinheilige Angebot anzunehmen und sich der langwierigen und schmerzhaften Prozedur zu unterziehen? Das Ergebnis, nach Wochen und Monaten kann nur dürftig genannt werden. Irene hat das Gefühl, als befände sich eine vertrocknete Kartoffel in ihrer neuen Brust. Außerdem ist der Unterschied zu ihrer rechten deutlich zu sehen. So deutlich, dass sie auch des Nachts lieber ebenfalls einen BH trägt, weil sie ihre Brust nicht mehr sehen will und gleichzeitig Angst hat, sie könnte im Schlaf einfach wieder von ihrem Oberkörper abfallen.

Trotz dieser weniger schönen Erfahrung und ihrer Ängste kann Irene es nicht lassen. Dieses Mal ist der Bauch an der Reihe. Genauer gesagt, eine Bauchdeckenstraffung sowie eine Liposuktion.

Auch in dieser neuen Klinik der vertraute Geruch nach diversen Reinigungsmitteln. Ärzte und Pflegepersonal sind gleichermaßen nett und zuvorkommend. Im Unterschied zu der vorherigen Klinik tragen hier alle statt grüner OP-Kleidung jetzt blassrosa Anzüge. Irene, in ihrem rollenden Bett, ist auf dem Weg in den großen Operationsraum. Während die Schwester belangloses Zeug plappert, liegt Irene mit reichlich beschleunigtem Pulsschlag und zählt die über ihr erscheinenden und wieder entschwindenden Deckenlampen. Zwar hat sie nicht direkt Angst vor dem Eingriff, aber auch ihr Blutdruck zeigt sowohl in der systolischen wie in der diastolischen Messung einen deutlich höheren Wert, wie der Narkosearzt ihr mitteilt. Operieren wird auch hier wieder der Chefarzt, denn dafür hat Irene gutes Geld gezahlt. Jovial tritt er zu ihr ans Bett, tätschelt ihr die Wange und beruhigt:

„Mein Anästhesist hat mir gesagt, dass sie etwas aufgeregt sind, Frau Kerner. Das müssen sie aber nicht. Seien sie unbesorgt! Schließlich mache ich derartige Eingriffe nicht zum ersten Mal. Und von den Risiken, über die man sie aufgeklärt hat und von denen sie durch ihre Unterschrift Kenntnis genommen haben, wollen wir doch jetzt nicht mehr reden. Nun werden sie gleich ein wenig schlafen, und wenn sie wieder aufwachen, dann haben sie bereits alles gut überstanden."

Den letzten Satz hört Irene bereits nicht mehr, weil die Wirkung der Narkose einsetzt. Doch als sie nach einer kleinen Ewigkeit wieder zu sich kommt, spürt sie, dass irgendetwas in ihr nicht stimmen kann. Voll Angst lauscht sie in sich hinein, will ergründen, was da sein könnte. Ihr Blut pocht in den Schläfen, die Augen brennen. Dann ein kurzes Klopfen, die Tür zum Krankenzimmer öffnet sich. Dieser Chefarzt ist nicht so feige wie der andere, dem das Skalpell an Irenes Brust ausgerutscht war. Auch lässt er sich nicht vertreten, erscheint selbst. Hinter ihm ein ganzer Tross von Ärzten und Assistentinnen. Doch kommt er ebenfalls mit einer Hiobsbotschaft, lügt aber gleichfalls durchaus überzeugend:

„Ach, sie ist ja schon wach! Das ist gut so. Frau Kerner, was machen sie denn für Sachen?"

Seine Stimme klingt vorwurfsvoll, seine Stirn ist gerunzelt, als könnte er nicht begreifen, wie sowas kommen konnte. Irene blickt ihn mit weit aufgerissenen Augen hilfesuchend an, weiß nicht, was sie angestellt haben soll.

„Sie haben uns großen Kummer bereitet. Ihr Gewebe ist ja dünner noch als Seidenpapier. Reißt bei der leisesten Berührung. Wir hatten richtig Mühe mit ihnen, das können sie mir glauben."

Beifälliges Gemurmel der hinter ihrem Chef versammelten Domestiken. Der Chefarzt brüstet sich:

Natürlich waren wir stets Herr der Lage, wenngleich die Sache verdammt gefährlich war. Wie gesagt, ihr fadenscheiniges Gewebe, Frau Kerner. Dünn wie Gaze, aber eben längst nicht so haltbar. Sie werden sich noch auf einige Tage Krankenhaus einstellen müssen. Das freilich geht hier nicht bei uns. Deshalb werden sie noch heute in die hiesige Uni-Klinik verlegt. Ich drücke ihnen alle Daumen, liebe Frau Kerner, und möchte mich auch damit gleich bei ihnen verabschieden. Nochmals, alles Gute!"

Weg ist er mitsamt seiner ganzen Entourage, und Irene weint jämmerlich in ihr Kissen. Noch ahnt sie nicht, dass ihr Leben wirklich auf der Kippe steht. Bei der Fettabsaugung hat die Absaugkanüle den Dünndarm durchstoßen. Der ganze Bauchraum entzündet sich. Bakterien vergiften den Organismus. Infektion, Sepsis, Blutvergiftung bis zum Schock drohen. Gasbrand durch die Bakterien wäre in Irenes Fall mehr als fatal. Ohnehin ist das Fettgewebe im Allgemeinen nur schwach durchblutet, und für den Eingriff spritzt man ein Medikament, welches die Durchblutung noch mehr vermindert. Dann verwendet man noch ein Kompressionsmieder, das den Bereich weiter abdrückt. Dadurch haben Bakterien ein sehr leichtes Spiel, weil der Austausch und die Reinigung, die sonst das Blut garantiert, stark gedrosselt sind. Irenes Leidenszeit gestaltet sich langwierig und schmerzhaft. Nur mit viel Glück kommt sie durch, aber mit ernsten Folgen.

Gerade das Ergebnis der Bauchdeckenstraffung gestaltet sich optisch wenig reizvoll. Im Narbenbereich kommt es bei ihr zu „Dog Ears", den sogenannten Hundeohren, die eigentlich nachkorrigiert werden müssten. Doch Irene hat genug gelitten, verzichtet auf eine weitere, nicht ganz billige Folgebehandlung, schaut auch ihren Bauch nicht mehr an, vermeidet es, nackt vor den großen Spiegel in ihrem Schlafzimmer zu treten.

Nun ja, nicht gut, Brust und Bauch sind verschandelt und entstellt, aber man kann es abdecken, unter weitgeschnittenen Klamotten noch kaschieren. Nur Irenes Nase lässt sich eben nicht einfach verbergen, ist und bleibt höckrig präsent. Trotz aller negativen Erfahrungen mit der vorgeblichen Schönheitschirurgie beschließt Irene, ihre Nase korrigieren zu lassen.

Der Chefarzt zeigt ihr bei dem Vorgespräch ein ganzes Buch mit Nasen aller Arten, Übergrößen und Abnormitäten. Abwechselnd vorher und nachher. All diese Hässlichkeiten sind beseitigt, die Fotos sprechen eine beredte Sprache. Irene blickt in dankbare Patientinnenaugen. Ihre Nase pocht warnend, doch geflissentlich ignoriert sie das Signal, schaut in den Handspiegel, den ihr der Chefarzt vorhält, während dieser mit einem dicken Filzstift Kringel und Striche malt.

„Hier, Frau Kerner, werde ich ansetzen, den Höcker über dem Nasenbein durchsägen und abhobeln. Dazu muss ich die Haut aufklappen und zur Seite schieben."

In Irenes Magen rumpelt und revoltiert es bedenklich. ,Durchsägen, abhobeln, aufklappen, beiseiteschieben!' Ein Zittern geht über ihren Körper, während die Augen des Chefarztes mit kaum verhohlenem Spott auf Irene gerichtet sind. Ganz offensichtlich genießt er derartige Besprechungen, bei denen er seinen Patientinnen wenig appetitliche medizinische Vorträge halten kann. Wie ein Exhibitionist entblößt er schamlos Detail auf Detail, lässt nichts aus, weidet sich daran, wenn unheilige Schauer das entsetzte Opfer erbeben lassen.

„Natürlich wird ihre Nase nach der OP für einige Tage ziemlich geschwollen sein. Wir nennen sie intern ‚Runkelrübe‘ und die dazu gehörige Methode? Na, lassen wir das!" Er lacht. „Aber Spaß muss sein. Und wenn der Verband dann erst wieder ab ist und ihre neue Nase erscheint, dann werden sie mir für meine Spezialbehandlung herzlich dankbar sein, liebe Frau Kerner."

An diese Worte erinnert sich Irene noch sehr genau. An ihrer Nase hat dieser arrogante Pfuscher tiefe Spuren hinterlassen. Zwar ist der Höcker jetzt verschwunden, dafür sind andere Nachteile hinzugekommen. Am geringsten sind noch die Spannungssymptome, die bereits unmittelbar nach dem Absetzen der Schmerzmittel aufgetreten sind. Erst ist die Nasenschleimhaut völlig ausgetrocknet, als hätte sie ein heißer Wüstenwind erbarmungslos gedörrt. Dazu scheuern die Nähte, wenn Irene nur an ihre Nase denkt. Nach der Austrocknung tritt jetzt der gegenteilige Effekt auf, es kommt zu einer verstärkten Absonderung von Nasensekret, d.h., ständig laufen ganze Rinnsale davon bis hinunter auf die Oberlippe. Eine Überempfindlichkeit der Naseninnenwände macht jedes Putzen, jedes Schneuzen ins Taschentuch zu einer Tortur. Irenes Geruchsvermögen ist mehr als eingeschränkt. Doch damit nicht genug. Erst fühlte sich nur die Nasenspitze nach der OP taub an, dann treten nunmehr zudem noch periphere Lähmungserscheinungen zur Stirn hin auf. Selbst das Sehen wird dadurch tangiert. Zeitweise sieht sie die Welt wie durch einen novembergrauen Herbstnebel. Und zu allem Überfluss bildet sich genau an der Stelle, wo vordem der Höcker saß, hässlicher

Knorpel, der die ganze vorangegangene Operation ad absurdum führt. Irene fällt in abgrundtiefe Depressionen, denkt an ein baldiges Aus-dem-Leben-scheiden.

Dass sie es trotz allem, was ihr an Unbill widerfahren ist, trotzdem nicht tut, verdankt sie ihrer besten Freundin Erika. Diese wird ohnehin von einem schlechten Gewissen geplagt, war sie es doch, die Irene zu diesen Operationen zwar nicht gedrängt, doch immerhin dazu geraten hat. Tröstend legt sie deshalb ihren Arm um Irenes Schulter:

„Keiner weiß so gut wie ich, was du durchgemacht hast. Aber wenn du jetzt den Kopf dauerhaft hängen lässt, dann nützt es dir gar nichts. Im Gegenteil, du schadest dir noch zusätzlich." Und sie tadelt: „Hör auf, deine Sorgen in Alkohol ertränken zu wollen, denn Sorgen sind verdammt gute Schwimmer!"

Widerstrebend stellt Irene ihr Glas auf den Tisch, blickt eine Weile wie geistesabwesend ins Leere, kehrt dann abrupt in die Realität zurück. Zornig schlägt sie sich mit der flachen Hand vor die Stirn, als hätte sie die verlorene Erkenntnis wiedergefunden. Ihre Stimme ist nicht länger mehr weinerlich. Zu Erika gewendet, spricht sie nunmehr jene Sätze, die ihr Leben entscheidend verändern werden:

„Drei misslungene OPs sind drei zu viel! Drei zu viel sind auch die Ärzte, die dies verschuldet haben! Genau diese Drei müssen jetzt zur Rechenschaft gezogen werden!"

Erika schaut mit aufgerissenen Augen auf die Freundin, deren Gesicht so bleich wie ein Leichentuch ist, während sich alles Blut in den geballten Fäusten sammelt, und fragt:

„Was sagst du da, Liebes? Was hast du vor? Willst du sie etwa umbringen?"

Irenes Antwort kommt so überraschend, dass es Erika die Sprache verschlägt.

„Nicht sofort, denn ich muss sie ja vorher erst noch operieren! Assistierst du mir dabei?"

Erika nickt ein wortloses Zugeständnis.

Irene lächelt, kippt den Restinhalt ihres Glases nach hinten über die Schulter, ist wie ausgewechselt:

„Dann packen wir's an! Lass uns keine Zeit mehr vertrödeln!"

Mit Feuereifer geht man ans gemeinsame Werk. Es gilt, späte Rache für das arrogante Versagen und die frechen Lügen zu nehmen. Eigentlich hätte Erika gar keinen Grund mitzumachen, denn ihre eigenen OPs sind allesamt zu ihrer vollen Zufriedenheit verlaufen. Vielleicht tut sie es dennoch, weil sie selbst so ein verdammtes Glück hatte. Möglicherweise aber auch, weil sie nicht das große Geld hatte, um sich den Chef leisten zu können, sondern mit den weniger dominanten Unterärzten zufrieden sein musste. Doch, noch ehe man zur Bestrafung schreiten kann, müssen die entscheidenden Informationen beschafft werden. Das ist keineswegs leicht, denn die Chefs halten ihre persönlichen Daten so geheim wie den verursachten Leistenbruch bei einer ihrer Kundinnen. Fast scheint es, als wären sie vorgewarnt, wollen sich keine Blöße geben, keinerlei Angriffsfläche bieten. Natürlich können sie nicht wissen, dass Irene und Erika hinter ihnen her sind, da jedoch ziemlich regelmäßig Komplikationen durch Schlamperei und Pfusch auftreten, fürchten sie sich offenbar generell. Sie verstecken sich hinter ihren Titeln, verbarrikadieren sich in ihren Büros, verbieten ihrem Klinikpersonal den Mund und verhindern die Herausgabe von zu brisantem Datenmaterial. Für ihre Umwelt leben sie incognito in schmucken Villen an irgendwelchen malerischen Seen. Doch mögen sie sich noch so gut tarnen, Irene und Erika werden fündig, weil sie hartnäckig genug recherchieren. Es handelt sich um den Chefarzt mit der Bauchfellstraffung und der Liposuktion, den sie zuerst erwischen. Tagelang wird er beobachtet, ein Mobilitätsprofil über ihn angelegt. Dann stellen sie ihn auf einer Galavorstellung der Staatsoper in seiner Loge. Ihm wird mittels eines Skalpells sein Nabel aus dem Gewebe geschnitten und dort ein dickes Rohr in den Bauchraum getrieben, durch das man eine übelriechende Brühe einfüllt. Natürlich überlebt er diese brachiale Operation nicht allzu lange. Seine Geliebte, die er anstelle seiner Ehefrau eingeladen hat, bleibt unbehelligt, kommt mit einer Verwarnung davon. Denn bei ihr handelt es sich um eine dieser netten, freundlichen Schwestern, mit denen weder Irene noch Erika je irgendwelche Probleme hatten.

Der zweite Medizinmann-Kandidat wird ohne große Umschweife direkt an seinem Arbeitsplatz überrascht. Eigentlich hatte Irene streng nach der Reihenfolge ihrer missratenen OPs vorgehen wollen. Doch weil sich das ermittlungstechnisch nicht machen lässt, rutscht eben der Kandidat mit der Nummer 1 auf die zweite Position. Es handelt sich um den feigen Brustspezialisten, der Irenes Fehlstellungen korrigieren sollte. Mit breiten Gurten wird er auf dem OP-Tisch fixiert. Über den Mund werden ihm gleich mehrere Lagen Pflaster geklebt, die ihn am unnötigen Schreien hindern sollen. Das ist erforderlich, weil seine OP ebenfalls ohne Narkose vollzogen wird. Beide Frauen tragen lange Gummihandschuhe wie beim Geschirrspülen. Zuerst trennt ihm die mit ihren Fingern geschicktere Erika die linke und die rechte Brusttasche weit genug auf, in welche dann Irene die vorgeformten Silikonimplantate mit sanfter Gewalt einschiebt. Danach werden die Hautlappen mit heißer Nadel und grobem Faden reichlich dilettantisch wieder verschlossen. Durch die vorangegangenen Zerrungen und Dehnungen des Brustgewebes, um die Implantate einbringen zu können, kommt es zu heftigen Einblutungen mit faustgroßen Hämatomen. Folglich dauert es auch nicht mehr lange, bis der Chefarzt beschließt, ohne weitere Kritik an dieser Stümperei aus dem Leben zu scheiden. Erika stoppt und protokolliert die Zeit, die darüber vergeht, während Irene ernst und prüfend in seine einstmals so mokanten

Augen blickt, die zunehmend trüber und matter werden.

„Eine Stunde und dreiundzwanzig Minuten, Irene. Donnerwetter, war der zäh! Genau sechzehn Minuten langsamer als der andere!"

Natürlich wirbeln die beiden grausamen Morde innerhalb so kurzer Zeit erheblichen Staub auf. Für die ermittelnde Sonderkommission der Polizei wird rasch deutlich, dass es sich hierbei um gezielte Racheakte handeln muss. Zwar geben die beiden betroffenen Privatkliniken alle Patientendaten der letzten Jahre frei, die OP-Berichte freilich bleiben vorerst weiter unter Verschluss. Nach Abgleichung der Namenslisten stellt sich schnell heraus, dass fast jede zweite der Patientinnen in beiden Kliniken bereits mehrfach behandelt worden ist. Auch Irene und Erika sind namentlich aufgelistet. Da es aber so viele Fälle abzuarbeiten gilt, wird es eine ganze Weile dauern, bis sich möglicherweise eine erste Spur ergibt. Die Soko wird personell erheblich aufgestockt.

Während die Polizei sich verstärkt dem Suchproblem widmet, fahnden die beiden Mörderfrauen fieberhaft nach dem dritten Opfer. War es vordem bereits extrem schwierig, an die sensiblen Aufenthaltsdaten der Chefärzte heranzukommen, scheint es inzwischen schier unmöglich. Der Nasenspezialist bleibt unauffindbar. Seine ehemalige Sekretärin hat er aus Vorsichtsgründen gegen eine neue, nichtswissende und nichtsahnende ausgetauscht, dieser eingeschärft, keinerlei Auskünfte zu erteilen. Dabei ist er so misstrauisch, dass er sie anweist, sämtliche Anfragen sofort an die Polizei zu übermitteln. Genau das aber tun inzwischen alle Sekretärinnen der plastisch-chirurgischen Kliniken, sodass eine enorme Fülle von Namen, Vermutungen, Anspielungen und falschen Verdächtigungen zusätzlich bei der überforderten Polizei eingeht. Zwar sind Irene und Erika nicht so töricht, bei den Sekretärinnen mit der Tür ins Haus zu fallen, was es der Soko ermöglichen würde, die infrage kommende Tätergruppe zahlenmäßig zu reduzieren. Dennoch ein halber Treffer, weil eine dritte Schönheitsklinik deren Namen meldet. Aus Tausenden Verdächtigen sind es plötzlich nur noch Dutzende. Die Häscher beginnen, Erika und Irene einzukreisen. Indes braucht all das viel Zeit, aber auch für die beiden Racheengel wird es langsam knapp. Ein Wettlauf mit der Zeit beginnt. So unter Druck stehend, bleibt ihnen keine Wahl mehr, andere Wege zu gehen. Ohne weitere Umschweife müssen sie diesen Chefarzt erneut an seinem Arbeitsplatz aufsuchen, obgleich das keine sonderlich gute Idee sein dürfte, nach dem gleichen Schema ihr Werk zu Ende zu bringen. Unbewaffnet brechen sie auf, um bei einer möglichen Kontrolle mit Leibesvisitation nicht aufzufallen. Sie wissen ja, dass sich im OP genügend geeignetes Werkzeug befindet, um den Chef das finale Fürchten zu lehren.

Doch dieser ist nicht Klinikleiter geworden, weil er dumm und naiv ist, sondern weil er mit allen Wassern der misstrauischen Umsicht gewaschen ist und die Schlingen und Fallen der Intrige genauestens kennt. Bis zur Ergreifung der Täterin, so hat er beschlossen, wird er nicht mehr in seiner Villa, sondern in der Klinik wohnen. Hier hat er alles, verfügt über die erforderlichen Abwehrsysteme. Für den Fall der Fälle hat er Vorkehrungen getroffen, einen Eindringling bereits an der Schwelle zu seinem Heiligtum abzufangen. Ihm sind die brutalen Schicksale seiner beiden Kollegen noch in frischer Erinnerung. Außerdem ist er ein genialer Antizipator. Seine Doppelstrategie lautet: Verteidigung und Vernichtung!

So raffiniert und ausgebufft sind Irene und Erika freilich nicht, dass sie ahnen könnten, auf ein derart wohlvorbereitetes und wehrhaftes Opfer zu treffen. Andererseits rechnet der Chefarzt nicht damit, dass gleich zwei Jägerinnen hinter ihm her sind. Dieser Umstand dürfte seine Pläne zwar nicht generell durchkreuzen, doch würde er spontane Änderungen vornehmen müssen, gezwungen sein, seine Verteidigung zu verdoppeln, um auch die zweite Rächerin auszuschalten. Während er also in seinem Spinnennetz lauert, nähern sich Irene und Erika, zu allem entschlossen, seinem Aufenthaltsort. Das Duell der Täter kann beginnen.

Doch auch die Kriminalisten der Soko sind zwischenzeitlich nicht untätig geblieben, haben die Personengruppe so weit einengen können, dass eigentlich nur noch Erika oder Irene als Mörderinnen in

Betracht kommen können. Dass beide Frauen gemeinsam operieren, dazu reicht das assoziative Denken freilich nicht. Ebenso wenig vermögen sie zu antizipieren, dass der dritte Chefarzt, sich keineswegs auf die Polizei oder seine Trutzburg inmitten der eigenen Klinik verlassend, selbst zum Angriff übergehen könnte, erst zu locken, um dann selbst zum Täter zu werden. Somit verlieren die Polizisten wertvolle Zeit, weil sie zwar Villa und Klinik bewachen, aber dies eben nur von außen. Den drei Kontrahenten verbleibt also hinreichend Spielraum, sich wechselseitig zu „operieren". Pikant dabei ist allerdings, dass der Chefarzt alles für diese große OP vorbereitet hat. Wer von ihnen der oder die Schnellste, Gerissenste ist, kann sich aus der schauerlichen Werkzeugkiste ganz ungeniert bedienen.

Irene und Erika beschließen, getrennt und zeitversetzt die Klinik zu betreten. Erika macht den Anfang, schleicht geduckt unter dem Fenster an der Anmeldung vorbei, huscht über die leeren Gänge und ist schon auf der Treppe, die zur Ordonanz des Chefarztes führt. Sie glaubt, nicht bemerkt worden zu sein, doch das ist ein Irrtum, denn der Chefarzt hat seine Augen fast ständig auf den Monitoren der Überwachungskameras. Er erkennt sofort, dass dies kein normaler Besuch ist, dazu gebärdet sich diese Frau zu verdächtig. Leise und vorsichtig öffnet er die Tür zu seinem Behandlungszimmer einen Spalt und begibt sich in eine von der Besucherin nicht einsehbare Hintergrundposition. Er spürt, wie sie draußen vor der Tür lauert, sieht, wie behutsam sie diese nur so weit aufschiebt, dass ihr schmaler Körper gerade durchpasst. Dann schaut sie sich um, will sich orientieren, als ihr der Chefarzt den bereitgehaltenen Gurt um den Hals legt, mit dem sonst die Patientinnen auf den OP-Tisch geschnallt werden. Mit beiden Händen greift Erika nach ihrer Kehle, will den harten Zug dort lockern. Keine Chance, denn er tritt ihr nun zusätzlich die Beine weg. Noch im Fallen ist er über ihr, schleift die Widerstrebende zu einem Behandlungssessel, gurtet sie dort fest und knebelt sie. Danach mustert er sie schweigend in voller Konzentration, erkennt sie aber nicht. Nur die missratenen OPs bleiben in Erinnerung. Diese hier ist, wie er sehen kann, gut gelungen. Das macht ihn zwar stutzig, aber keineswegs erneut misstrauisch.

Dieser Umstand wiederum ist Irenes Glück, denn jetzt, da er die Beute hat, schaut er nicht mehr nach den Monitoren, sodass auch sie sich kurz darauf bereits an der Treppe befindet, deren Stufen sie lautlos emporeilt. Den Weg zu seinen Räumlichkeiten würde sie mit geschlossenen Augen finden. An der halboffenen Tür hält sie inne und lauscht wie vordem ihre Freundin Erika. Die Stimme des Chefarztes ist zu vernehmen, wie sie in barschem Befehlstone Fragen an jemanden stellt, der offenbar nur ganz verhalten und undeutlich antworten kann. Für diese Inquisition hat er Erikas Knebel so weit gelockert, dass diese zwar nuschelnd antworten, jedoch nicht schreien kann.

Zentimeter um Zentimeter schiebt sich Irene heran. Gleich wird sie den Arm heben und mit einem Metallstab zuschlagen, den sie von seinem Schreibtisch aufgenommen hat. Doch ist es ein winziges Geräusch, das sie macht? Ist es Erika, die sie gesehen hat und ihr mit den Augen ein Zeichen geben will? Oder verfügt der Chefarzt gar über einen magischen Sensor in seinem Rücken? Gleichviel, er weicht zur Seite aus und entgeht so Irenes Hieb. Im Nu ist sie überwältigt und wird auf einen zweiten Sessel fixiert. An diese zweite Frau kann er sich sehr gut erinnern. Seine Stimme trieft vor Hohn:

„Nun, meine Damen, womit habe ich die Ehre dieses doppelten Besuchs zu dieser ungewöhnlichen Stunde verdient? Nein, nein, sagen sie nichts, Frau Kerner! Sie wollten nur eben mal zur Nachbehandlung kommen, nicht wahr?" Er lacht zynisch. „Selbstverständlich auf meine Kosten, habe ich recht? Soll mir ihre Freundin assistieren? Gerne doch. Dazu braucht sie auch keine Fachkenntnisse. Ich werde sie während der Behandlung anlernen. Geht das mit ihnen in Ordnung, Frau Kerner? Sie vertrauen ihrer Freundin doch, dass ihr nicht die Hände zittern werden, oder etwa nicht? Na, sehen sie, das wusste ich sofort, da hatte ich gar keinen Zweifel. Und mir vertrauen sie ja sowieso, gell?"

Er genießt die Situation, kostet genüsslich die Wirkung seiner Worte aus. Irene erinnert sich an seine detaillierte Beschreibung der OP: ‚Durchsägen, abhobeln, aufklappen, beiseiteschieben'. Sie schaudert, realisiert erst jetzt, in welch desolater Lage sie sich befindet, in welch große Gefahr sie ihre Freundin Erika gebracht hat. Dieser Chefarzt in seiner rachsüchtigen Arroganz, das steht für sie fest, wird sie nicht mehr aus den Fängen lassen. Definitiv hat er vor, sie nicht nur an der Nase zu operieren, so ,nachzubehandeln', dass sie es nicht überleben wird. Verzweifelt überlegt sie, ob es Sinn macht, ihn für Erika um Gnade zu bitten. Doch er hat sich bereits abgewendet, geht zu Erika hinüber, mustert eingehend deren Gesicht:

„Eine hübsche, kleine Nase. Gut modelliert und perfekt ausgeführt. Hervorragende Arbeit. Und, wie ich sehen kann, sogar von mir! Dennoch nicht zufrieden, gnädige Frau? Woher ich das weiß? Nun, wären sie sonst zur Nachsorge gekommen? Verlangen ebenfalls eine neuerliche Korrektur der Korrektur? Natürlich kostenlos? Verlangen gar noch Schmerzensgeld?"

Er hält inne, nimmt ihr Kinn zwischen Daumen und Zeigefinger, spielt eine Weile damit.

„Denken sie vielleicht, ich wäre ein wohlhabender Mann, der nur so mit Geld um sich werfen kann? Gar ein Multimultimillionär? Reich wie der sagenhafte König Midas? Und deshalb Melkkuh für undankbare Patientinnen?"

Er droht ihr mit dem Finger, tippt auf die Nasenspitze:

„Ich muss doch sehr bitten! Da kommen sie beide unangemeldet und zur Unzeit, verlangen nach zusätzlichen Wohltaten und weiteren Kostproben meines Könnens! Wollten mich sogar zwingen, wenn ich nicht freiwillig dazu bereit wäre! Wie bei meinen beiden Kollegen! Ist das so in Ordnung? Nein, ist es nicht! Das ist wenig fair! Eine medizinische Leistung ohne Gegenleistung zu fordern!"

Spielerisch zupft er an Erikas Ohrläppchen, gibt ihr einen neuerlichen Nasenstüber:

„Na gut, gebe ich mir eben einen Ruck! Bin doch kein Unmensch! Lasse immer mit mir reden und feilschen! Bin schließlich Arzt geworden, weil ich den Menschen helfen will. Frauen verschönern! Und genau das habe ich jetzt vor, kostenfrei und aus Kulanz!"

Dann schlägt seine joviale Stimmung um, er wird ungehalten, grob, empört sich:

„Ganze Heerscharen von euch nichtsnutzigen Weibern habe ich schöner gemacht. Weil ihr nie zufrieden seid, niemals genug kriegen könnt. Ihr sucht nach dem Glück, rennt hinter ihm her. Und wenn ihr es endlich habt, werft ihr es achtlos wieder weg, weil euch ein anderes Glück noch höhere Genüsse verheißt. Oh, wie undankbar ihr seid! Ihr hasst uns Ärzte, weil ihr uns braucht! Aber ihr wollt nichts dafür bezahlen, wollt alles geschenkt! Und selbst das reicht euch nicht. Ihr wollt mehr, mehr, mehr! Zugabe um Zugabe. Dreingabe um Dreingabe.

Preisgabe um Preisgabe! Wir Ärzte sind immer nur die Geber und ihr die Nehmer mit den nimmersatten Händen!"

Er lacht laut und schreit:

„Und jetzt seid ihr sogar gekommen, um mich für eure Nasen bluten zu lassen! Ihr verlangt nach meiner Nase, um eure zu rächen! Das werden wir sehen, wer von uns am Ende die Nase vorn hat, sofern er dann überhaupt noch eine besitzt. Sei's drum! Dann werde ich mal die Runkelrübenroppmaschine anwerfen!"

Irene und Erika schauen seinem Hantieren mit schreckgeweiteten Augen zu. Er dagegen ist unaufgeregt, spricht mit leiser, fast zärtlicher Stimme:

„Ich habe nichts zu verbergen, wenn ihr das meint, meine guten Damen. Schaut genau zu, denn ihr habt die Ehre, fortan alles live mitzuerleben, was ich so mit euch machen werde. Mit der Vivisektion habt ihr doch Erfahrung, wie ich hörte. Allerdings soll viel Blut dabei geflossen sein. Und kein Anästhesist weit und breit! Wisst ihr denn nicht, wie weh sowas tut? Vielleicht legt ihr ja auch keinen Wert auf eine schmerzfreie Behandlung. Leider ist es auch für mich zu spät, jetzt noch einen guten Narkosearzt aufzutreiben. Ihr müsst also tapfer sein, auch wenn es ein wenig zieht und ziept. Aber tröstet euch damit, dass ihr es für die Schönheit tut. Nicht so sehr für die äußere, zugegebenermaßen, doch ganz sicher für die innere."

Jetzt lacht er schallend über seinen Scherz, während er die blitzenden Bestecke ordnet:

„Frau Kerner, sie konnten damals nicht sehen, was mit ihrer Nase passiert ist. Sicher sind sie jetzt äußerst neugierig. Deshalb werde ich mit ihrer Freundin beginnen, wenn sie erlauben. Sie kann nicht schreien, weil ich ihre Zunge mit einem Botolinum-Präparat lähmen werde. Bei ihnen, liebe Frau Kerner, werde ich mir, weil ja dann keine Zuschauer mehr da sind, diesen Umstand ersparen können. Hier, mit diesem possierlichen Dingelchen werde ich ihre niedliche Zunge direkt vor dem Rachensegel abtrennen. Die brauchen sie nämlich nach meiner OP nicht mehr. Einverstanden?"

Er geht zu Erika, öffnet ihr mit zwei Haken den Mund und injiziert ihr eine Dosis Botox in die Zunge. Es wirkt augenblicklich. Nur noch ein schwaches Gurgeln ist zu vernehmen. Nacheinander zeigt er den Frauen seine Instrumente des Schreckens, erteilt Nachhilfeunterricht in Sachen Anatomie der plastischen Chirurgie.

„Hier, der Nasenschneider! Mit ihm trenne ich die feine Haut mittig über dem Nasenbein! Hier, mit diesem Schaber fahre ich dazwischen und schiebe sie zu den Seiten weg! Hier, mit diesen beiden freundlichen Haken fixiere ich sie so, dass sie nicht zurückrutschen und mich nicht in meiner Arbeit behindern! Natürlich ist das mit einem recht unangenehmen Gefühl verbunden, weil da ein ziemlicher Zug draufliegt. Hier, meine kleine, gemeine Stichsäge! Damit kann ich leicht das Nasenbein vom dahinter liegenden, großen Schädelknochen abtrennen. Und zu guter Letzt noch hier, die grobe und die feine Raspel! Mit ihnen hobele und spane ich. Danach wird poliert, bis der Nasenansatz eine glatte Fläche mit dem übrigen Gesicht bildet. Von einer intakten Nase, mit der man gerne teures Parfüm schnuppert, kann dann natürlich keine Rede mehr sein. Hinterher wird die Chose fein säuberlich wieder vernäht. Gut aufgepasst und alles verstanden, Frau Kerner? Sind sie bereit? Prima! Dann geht's jetzt los!"

Der Chefarzt packt Erikas Nasenwurzel mit einer flachen Zange, damit er mit dem Nasenschneider nicht abrutscht. …

In der Zwischenzeit hat sich jedoch einiges getan. Als der Chefarzt Erika, die ihn als Erste in seinem Zimmer besuchen wollte, von den Monitoren gewarnt, überwältigte, hatte Irene noch eine Weile vor der Privatklinik gewartet, ehe sie selbst heimlich eindrang. Niemand hatte sie dabei beobachtet, und keiner hätte gemerkt, was da oben in den Praxisräumen wirklich vor sich ging. Niemals wäre das Treiben des Chefarztes ruchbar geworden. Nach erfolgter OP hätte er die beiden getöteten Frauen spurlos verschwinden lassen können, wenn ihm da nicht der Zufall in Gestalt des Hausmeisters in die Quere gekommen wäre. Dieser hatte, nach seinem allabendlichen Rundgang, noch einmal die Überwachungskameras geprüft und Irene entdeckt. Er hatte sie im Blick, wie sie die Treppe zum Chefarztzimmer hinaufgehastet war, an der halboffenen Tür kurz gezögert hatte, ehe sie dahinter verschwunden war. Daraufhin hatte der Hausmeister sich zu seinem Chef begeben und dort die gefesselten Frauen gesehen. Auch hatte er gehört, was der Arzt da verkündete. Entsetzt von dessen Vorhaben, hatte er umgehend die draußen stehenden Polizisten alarmiert, mit denen er jetzt, gerade noch rechtzeitig, in den Raum tritt.

Der Chefarzt hält erschrocken inne und legt den Nasenschneider zurück zum übrigen Behandlungsbesteck. Ihm ist sofort klar, dass er „red handed" erwischt worden ist. Sein Gesicht ist bleich, er ist bereit, alles zuzugeben. In Irenes Kopf wirbeln die Gedanken. Wenn sie zulässt, dass der Chefarzt verhaftet und verurteilt wird, dann würde er für eine lange Zeit ihrer Rache entzogen sein. Mithin muss sie verhindern, dass er ihr auf diese elegante Weise entwischt. Da Erika noch nicht wieder sprechen kann, droht von deren Seite her keine Gefahr, dass sie sich verplappern könnte. Also redet Irene und erklärt der Polizei und dem völlig verdutzten Chefarzt, dass hier eine durchaus freiwillige Nachoperation vorgenommen werden sollte.

Natürlich glauben ihr die Beamten kein Wort; alle drei werden verhaftet und mitgenommen. Weil dem Chefarzt, dank Irenes Aussage, aber noch nicht einmal Freiheitsberaubung nachgewiesen werden kann, verlässt er als freier Mann den Gerichtssaal. Bei Irene und Erika sieht es nicht anders aus. Man vermutet zwar, dass eine von ihnen die Morde begangen hat, weiß aber nicht wer. Da die Indizien nicht hinreichen, werden die Frauen mangels Beweisen freigelassen. Das Kräfteverhältnis zwischen dem Chefarzt und seinen Häscherinnen freilich ist schieflastig geworden, denn es begünstigt jetzt die beiden Frauen. Er hatte seine Chance nicht nutzen können, während sie nunmehr den Zeitpunkt bestimmen können, wann sie erneut losschlagen werden. Er hingegen muss warten wie eine sitzende Ente auf die Jäger. Das zerrt an den Nerven, die Sache mutiert zu einem Psychodrama. Es geht jetzt nur noch um das Wann und Wie.

Doch der Chefarzt gibt sich nicht so leicht geschlagen, verhandelt über sein Leben, bietet den Frauen eine großzügige Entschädigung an. Erika stimmt diesem Freikauf zu, will aussteigen, doch Irene lehnt entschieden ab. Eine einseitige Akzeptanz seines Angebots aber kann nicht im Sinne des Chefarztes sein, denn ihm ist klar, dass die wahre Gefahr von Irene ausgeht. Schließlich hat er ja nur sie so verstümmelt.

Nun setzt er sich mit radikaleren Mitteln zur Wehr. Erika entkommt nur knapp einem heimtückischen Anschlag auf ihr Leben, wird bei dem Autounfall ziemlich verletzt. Erika, die vordem auch ohne die Abfindung hatte aussteigen wollen, erkennt, dass sie sich damit nicht aus der Gefahrenzone bringen wird. Das wiederum bringt sie jetzt selbst in Rage. Ihr geht es nicht mehr allein darum, der Freundin beizustehen, vielmehr will sie nun gleichfalls die Rache. Also ist sie wieder zurück im Boot; die Frauen holen zum Gegenschlag aus.

Inzwischen hat der Chefarzt seine Klinik an einen anderen Schönheitschirurgen verkauft. Auch sein Haus in Köln-Müngersdorf wird an einen Immobilienmakler gegeben. Er selbst zieht sich in eine erst jüngst erworbene Villa an einem der vielen bayrischen Seen zurück. Diese muss jetzt extra gesichert werden. Fieberhaft arbeiten dort die Handwerker, um passive und aktive Verteidigungsanlagen einzubauen. Der ehemalige Chefarzt drängelt, lobt Prämien aus, wenn auch an den Wochenenden geschuftet wird. Während des Umbaus in eine Trutzburg geht für die Frauen die fieberhafte Suche nach ihm weiter. Fast scheint es, als wäre er vom Erdboden verschluckt worden. Zwar geben die Frauen nicht auf, doch er ist einfach nicht mehr aufzufinden. Monate sind vergangen.

„Weg ist er! Den finden wir nie mehr. Wahrscheinlich hat er sich mittels einer Gesichtsoperation sowieso unkenntlich gemacht. Selbst ist der Mann, vor einem Taschenspiegel in seinem Badezimmer! Er ist uns entwischt!"

Resigniert greift sich Irene an ihre unschöne Nase. Da schiebt ihr Erika wortlos eine Illustrierte über den Tisch, weist mit dem Finger auf ein Foto. Bingo! It's him! Schlau und vorsichtig, wie er war, hatte sich der Fuchs die ganze Zeit über in seiner Burg Malepartus versteckt gehalten, dann jedoch, als sich absolut nichts Verräterisches vor den verrammelten Ein- und Ausgängen tut, wieder Mut und Hoffnung geschöpft. Immer noch misstrauisch hatte er lediglich etwas Luft schöpfen, sich ein wenig die Beine vertreten wollen, und war prompt von einem Paparazzo, der ihn von Köln her kannte, aus einiger Entfernung mit der Kamera abgelichtet worden. Der scheue Medizinpromi hatte nichts davon bemerkt, und so war sein Bild eben in einem dieser Klatschblätter für die moderne und an Schönheits-OPs interessierte Leserin gelandet.

Das freilich sind Irene und Erika eben auch. Die schon fast erloschene Jagdlust flammt erneut auf; höher und heißer lodern die Flammen der Rache. Vom Verlag wird der Name des Fotografen erfragt, diesem die Adresse abgekauft, die im Internet erworbenen OP-Bestecke eingepackt und schon befindet man sich auf der Autobahn. Die Wiedersehensfreude der Kontrahenten dürfte sehr einseitig ausfallen.

Doch zuerst gilt es, überhaupt ins Haus zu kommen. Von Weitem schon leuchten die roten Lampen der Alarmanlage. Die beiden Frauen lauern auf einen Fehler ihres Opfers. Irgendwann muss er ja schließlich einmal seinen Hochsicherheitstrakt verlassen. Klar ist, sie müssen ihn hier draußen fassen, denn da ist er am verwundbarsten. Reinzukommen in diese fast wie Fort Knox gesicherte Festung, erscheint unmöglich. Und dann öffnet sich endlich die gepanzerte Tür, da er nicht ahnen kann, dass sie ihn gefunden haben. Dennoch wittert er wie ein scheues Wild, bevor er zur Garage huscht, um mit seinem Wagen dringende Dinge zu erledigen. Genau dort erwarten sie ihn bei seiner Rückkehr und überwältigen ihn, zwingen aus ihm den Zahlencode für die Alarmanlage heraus, und schon sind sie im Haus. Drinnen brauchen sie nicht einmal die Jalousien herunterzulassen, da ohnehin hier alles bereits auf Abwehr nach außen geschaltet ist.

„Schaffen wir ihn hier herauf!"

Der ehemalige Chefarzt wird wie ein ermatteter Boxer auf dem langen Esstisch im Salon festgebunden. Zug um Zug entkleiden sie ihn, nun liegt er nackt und ziemlich freudlos vor ihren Augen. Beide Frauen tragen ochsenblutrote Chirurgenanzüge. Auf die Knebelung des Patienten wird verzichtet; soll er doch schreien, was seine Lungen hergeben. Seine mondäne Villa liegt dankbarerweise weit abseits und ist zudem so gut isoliert, dass es keiner dort draußen hören könnte. Außerdem will man ihm Gelegenheit geben, laut und vernehmlich Rede und Antwort stehen zu können und nicht, wie einst die arme Erika, unwürdig lallen zu müssen. Irene schaltet den Kronleuchter über dem Esstisch ein, seine dreißig Kerzen schaffen eine vornehme Atmosphäre. Etwas umständlich bindet sie sich den Mundschutz um und beugt sich hinunter zu seinem Gesicht. Ihre Stimme schnurrt wie die einer satten Katze. Ähnlich süffisant, wie das seine Art ist, beginnt sie:

„Guten Abend, Herr Doktor. Wir hoffen, nicht zu sehr zu stören. Wir sind auch nicht zum Essen eingeladen, wie wir wissen, obgleich wir natürlich Messer und Gabel vorsorglich mitgebracht haben. Beste Ware, feinste Qualität! Sterlingsilber! Jawohl, Herr Doktor, das sind wir ihnen schließlich schuldig. Für unsere Patienten ist uns nichts zu schade. Sie werden sich davon in Kürze überzeugen dürfen. Liegen sie also ruhig und entspannen sie sich!"

Nacheinander hält sie ihm die bei einer Spezialfirma für Operationsbestecke aller Art im Internet ersteigerten Skalpelle, Zangen, Schieber, Löffel vor seine angstvoll geweiteten Augen. Danach legt sie die Instrumente aber nicht etwa zur Seite, sondern deponiert diese auf seinem Bauch. Bei dieser unerwarteten Berührung mit dem kalten Stahl frösteln selbst seine Augäpfel, wollen schier aus ihren Höhlen treten. Erika, mit ihrer Stoppuhr in der Hand, registriert mit Befriedigung diese erste Panikattacke:

„Nur ruhig Blut, Chef! Wir werden doch nicht mit der Tür ins Haus fallen. Zuvor sind doch noch einige Präliminarien zu klären: Sind sie Kassenpatient oder privat versichert? Stimmt die Adresse in Köln noch für unsere Liquidation? Wen sollen wir benachrichtigen, sofern etwas schief gehen sollte? Haben sie unsere Belehrung über mögliche Komplikation gelesen? Auch verstanden? Haben sie Allergien, Herzschrittmacher oder sonstige Implantate, die wir erst entfernen müssten?"

Irene kichert:

„Mach ihm bitte keine Angst, Erika! Natürlich wird er bezahlen, er ist ja schließlich kein Zechpreller! Und falls er wirklich zahlungsunfähig sein sollte, dann könnten wir immer noch die OP abbrechen. Doch das werden wir nicht tun, operieren ihn dann eben umsonst. Immerhin sparen wir ja bereits bei der Anästhesie."

„Hast du ihn auch gefragt, Irene, was er denn nun von uns korrigiert haben möchte. Noch hat er ja die Wahl."

Irene schlägt sich in gespieltem Entsetzen über ihre Vergesslichkeit mit der Hand vor die Stirn. Dabei legt sie den Nasenschneider wie gedankenverloren auf seinen Penis. Erika registriert die zweite Welle der Panik, die durch seinen Körper rollt.

„Natürlich, Liebes, wo hatte ich denn bloß meine Gedanken? Möchte der Herr Doktor da unten vielleicht eine Liposuktion oder wären Dog Ears eine bessere Option? Vielleicht sollten wir das Ding gleich ganz wegheobeln, denn es scheint mir mitunter allzu naseweis zu sein."

„Lass mich das machen, Irene! Schließlich hat er ja auch so gerne mein Kinn gehalten und mit meiner Nase und meinem Ohrläppchen gespielt."

Die grobe Raspel wird leicht über seine Hoden gezogen, während der Penis mit der Zange zur Seite gelegt wird. Dann werden die beiden Haken kurz angedrückt. Die Berührungen sind keineswegs schmerzhaft, sondern eher zärtlich zu nennen. Aber genau das ist es, was ihn so verrückt macht. Dieses quälende Warten auf den wirklichen Schmerz. Doch es dauert, alles geschieht ohne jede Hast.

„Recht so, Herr Doktor? Liegen sie auch bequem?"

„Frag ihn, ob er irgendwelche Sonderwünsche hat! Verborgene Extravaganzen äußern möchte? Sich nach anatomischen Finessen oder Genüssen sehnt? Er soll sie nennen, braucht sich seiner Neigungen und Vorlieben nicht zu schämen. Alles soll ihm erfüllt werden."

„Exzellente Idee, Erika! Und falls uns etwas davon unbekannt sein sollte, könnten wir ihn ja bitten, uns operationstechnische Anweisung zu geben. Nach jedem neuen Höhepunkt können wir gerne eine kurze Verschnaufpause einlegen."

„Wäre das in ihrem Sinne, lieber, Herr Doktor? Wo sollen wir zuerst Hand anlegen?"

Mit unverminderter Intensität nimmt das hochnotpeinliche Verhör seinen Verlauf. Dabei werden die Instrumente fortwährend auf die unterschiedlichsten Stellen des Körpers verteilt, ohne dass ihm etwas geschieht. Dennoch hat ihn ein unkontrolliertes Zittern gepackt. Seine eigenen Ängste peinigen ihn. Er liegt schweißgebadet, wird von Krämpfen geschüttelt. Jeder Quadratzentimeter seines Körpers ist inzwischen potentielles Operationsgebiet geworden. Seine Haut dauerhaft übersensibilisiert. Er hat vergessen, jemals Chefarzt gewesen zu sein, dennoch reden sie ihn ständig mit seinem Titel an. Seine

Seele kollabiert. Dies ist der Punkt, zu dem ihn die Frauen führen wollten. Alle mokante Maskerade fällt in Fetzen von ihm ab: Er bittet sie darum, endlich sterben zu dürfen.

„Können wir ihm denn eine solche Bitte abschlagen?"

Der Schritt für Irene und Erika ist verlockend. Doch noch ist der Klimax der Qual nicht erreicht. Erst muss jener Schrei ertönen, den alle Menschen kennen und der sie in ihrem Schmerz vereint. Als der ehemalige Chefarzt „Alle meine Entchen" zu singen beginnt, lösen sie ihm schweigend die Fesseln und lassen ihn freudlos und impotent zurück.

„Kichern - Gruppenpubertäres Zügeln der Lachmuskeln"

KICHERN VERBOTEN!

Elke ist entrüstet:

„Hat er dich schon wieder angetatscht? Was hat er sich denn dieses Mal einfallen lassen, um dich zu befingern? Bei ihm weiß man genau, warum er Sportlehrer geworden ist. Egal, welche Übung man macht, sofort ist er da, um irgendwelche Hilfestellung anzubieten. Besonders an Po und Busen haben wir Sportlerinnen es doch am liebsten? Pah! Wenn ich könnte, würde ich ihm eins verpassen, dass er nie mehr aufsteht!"

„Irgendwie hat er es auf mich besonders abgesehen. Klar, euch befummelt er auch, aber bei mir ist da etwas Anderes, das kann ich deutlich spüren. Da steckt so was Hungriges dahinter, das man nicht sehen kann. Weißt du, Elke, wenn dich einer so anpackt, als würde er dich im nächsten Moment vergewaltigen, dann ist das kein Händchen auf dem Po oder „Entschuldigung, das war ja dein Busen". Nein, das ist fordernder. Wie ein Befehl, bei dessen Nichtbefolgung man streng bestraft wird. Nicht nur notenmäßig, sondern lebenslänglich. Ich weiß nicht so recht, wie ich es ausdrücken soll, aber ich habe wirklich eine Scheißangst vor ihm."

„Ich glaube, ich verstehe die Sonja", mischt sich Nicole ein. „Mir hat er auch schon ein zweifelhaftes

Angebot unterbreitet. Ich wolle doch sicher ein gutes Abitur machen oder so. Er könne sich da wirklich für mich einsetzen, schließlich würde er ja die Zeugniskonferenz leiten. Dabei hat er mich richtiggehend mit seinen lüsternen Blicken ausgezogen. Aber ganz so krass wie bei Sonja habe ich das nicht empfunden. Dieses letzte Bedrohliche, wie du uns geschildert hast, war nicht dabei. Oh Gott, auch mir würde da himmelangst!"

„Okay, Girls, ihr seid die Hübschen. Da ist es klar, dass euch der Typ anbaggert. Mir ist es zum Glück noch nicht passiert. Da könnt ihr mal sehen, wofür es gut sein kann, wenn man so beschissen aussieht wie ich. Ne, ne, lasst man, ihr braucht mich nicht zu trösten, ist schon in Ordnung so. Mutter Natur hat mich nicht mit den üppigen Gaben eines Supermodels ausgestattet. Ihr seht ja, manchmal ist das Gegenteil von hübsch besser als das Gegenteil von hässlich. Also, begrapscht hat er mich noch nicht und wird dies auch sicherlich niemals tun. Davor schützt mich schon mein Äußeres. Aber was bei mir ist, wenn ich mit ihm zu tun habe, dass er mich fühlen lässt, wie sehr er mich ablehnt und verabscheut. Physisch, meine ich. Der würde mich nicht bloß von der Bettkante stoßen, sondern glatt ermorden, wenn das für ihn folgenlos bliebe. Das könnt ihr mir glauben. Ich bin ihm zu hässlich, passe nicht in sein Beuteschema. Irgendwie wittert er, dass ich ihm bei der Erfüllung seiner ekligen Wünsche im Weg bin. Er will mich rausekeln aus seinem Kurs und auch seiner Schule."

Als Christiane endet, sitzen die vier Oberschülerinnen der Stufe 12 für eine Weile schweigend in der Sonne vor der Turnhalle. Die Person, über die sie Klage führen, ist nicht irgendein Sportlehrer. Es ist der Schulleiter höchstselbst, oberster Hüter des Gymnasiums, unangreifbar und sakrosankt. Während sie sich noch wechselseitig ihr Leid klagen oder sich Tröstung zusprechen, kommt er aus der offenen Tür der Turnhalle, frisch geduscht, neu parfümiert, korrekt gekleidet mit dunklem Anzug und Krawatte. So tadellos sein Aufzug auch sein mag, ist er dennoch alles andere als gut aussehend. Die etwas schütteren Haare mit den ausgeprägten Geheimratsecken hat er sorgfältig mit irgendwelchen Hilfscremes an die Kopfhaut gegelt. Auch verraten die Falten um Mund und Augen, dass er nicht mehr der Jüngste ist, was er freilich entrüstet zurückweisen würde. Seine Nase ist sein Markenzeichen; er hasst sie wie die Pest, hat auch allen Grund dazu, denn sie schielt. Ja, sie schielt nach links und zwar ziemlich heftig. Wird man von ihm direkt angesprochen, muss man sich eines starken Impulses erwehren, nicht ebenfalls zur Seite zu schauen, als würde dort ein anderer, imaginärer Gesprächspartner stehen. Wer den Schulleiter kannte, tat gut daran, diesem Drang zum Seitwärtsblick, und wäre er noch so suggestiv, erfolgreich zu widerstehen. Darin verstand Heinrich Heimeran nämlich absolut keinen Spaß. Doch diese Macke, diese ewig blutende Wunde in seiner Psyche hielt ihn mitnichten davon ab, Schülerinnen, die er mochte, ganz ungeniert den

Hof zu machen. Offenbar war er der irrigen Meinung, die jungen Julien harrten des alten Romeos Gunst.

So ist es keineswegs verwunderlich, als er der drei hübschen Schülerinnen ansichtig wird, dass sich seine Miene umgehend zu der eines lüsternen Damenschuhverkäufers verzieht. Christiane, die vierte, die einzig hässliche der Mädels, wird von ihm keines Blickes gewürdigt:

„Na, die jungen Damen, gut geturnt und frisch gewaschen! Ha, wie das duftet! Da nimmt es nicht wunder, wenn die liebe Sonne auf so viel weibliche Anmut scheint. Schade, dass mich meine Pflichten an den Schreibtisch rufen. Wie gerne hätte ich sie drei zu einem grandiosen Eisbecher eingeladen, wäre für meine Damen zu gerne Ritter der Courtoisie geworden. So aber muss ich eilen, darf mich empfehlen. Die Pflicht, die Pflicht, sie rufet nach mir."

„Hier ist aber noch eine Dame, Herr Heimeran, es wären also vier Eisbecher!"

„Ach, in der Tat, ja! Wo hatte ich bloß meine Augen? Ein Kleeblatt, also. Ich Glückspilz! Gerne, gerne! Doch ich weiß nicht, ob dafür noch mein Taschengeld ausreichen würde. Ha,ha,ha!"

Elke empört sich innerlich über Herrn Heimerans fiesen Hieb auf ihre Freundin Christiane und blickt demonstrativ zur Seite, als stünde da jemand anderes. Heimeran registriert diesen Affront, ist sichtlich getroffen und verschwindet wortlos im Schulgebäude. An seinem Schreibtisch notiert er Elkes Namen als weitere auf seiner Liste der zu bestrafenden Kandidatinnen. Dass ihm Nicole noch „du blöder, aufgeblasener Sack" nachruft, hört er zu deren Glück nicht mehr. Aber es kann als sicher gelten, dass sie mit ihrer kessen Verteidigung der Freundinnen früher oder später zum Kleeblatt der Totgeweihten zählen wird. Sonja warnt deshalb:

„Ihr müsst vorsichtiger sein, Elke und Nicole, der Heimeran ist nachtragend, wenn ihm einer Kontra gibt. Und das mit der Nase war zwar verdammt mutig, aber auch verdammt große Scheiße, denn damit schaffst du dir sicher einen Todfeind. Da ist er soooo nachtragend!"

Sie macht jetzt selbst ihre Nase krumm, alle lachen, aber die allgemeine Stimmung ist, wie die liebe Sonne auch, hinter den Wolken verschwunden.

„Na, wenn schon, ich trage ihm jedenfalls deshalb nicht seine Tasche nach", wirft Nicole ein, ohne zu wissen, dass die Zeit, kleine, harmlose Witzchen zu reißen, für sie bald vorbei sein könnte. …

Heinrich Heimeran in seinem Direktorenzimmer schikaniert als Abreaktion die Schulsekretärin. Einmal hat sie angeblich einen wichtigen Brief verschlampt, dann wieder hat sie einen Schüler zu ihm vorgelassen, der sich über einen der Fachlehrer beschweren will. Heimeran wimmelt den aufmüpfigen Schüler ab, tadelt aber anschließend den betreffenden Kollegen, der sich zwar gar nichts vorzuwerfen gehabt hat, den Verweis durch den Schulleiter indes schweigend hinnimmt. Doch Heimerans schlechte Laune hat sich hierdurch nicht wirklich verbessert. Natürlich sinnt er auf Rache, doch da er das physisch nicht sogleich umsetzen kann, entschließt er sich zu einer deutlichen Warnung. Für die nächsten zwei Stunden schließt er sich ein, will von nichts und niemandem gestört werden...

Er schreibt an seiner Rede, die er anlässlich des kommenden Theaterabends in der Schulaula zu halten gedenkt. Eigentlich bereitet es ihm großes Vergnügen und tiefe Genugtuung, im Mittelpunkt der schulischen Aufmerksamkeit zu stehen. Seine Reden sind gefürchtet, weil sie nicht enden wollen, den Zuhörern alles an Geduld abverlangen. Es ist wie bei den greisen Kommunistenführern von der Insel Kuba, die auch niemals vom Applaus genug kriegen können, stehende Ovationen praktisch befehlen. Heimeran, der Vortragstyrann, der Redediktator, zimmert an seinem Konzept, schleift, poliert, fügt Fuge auf Fuge. Nur ein kleiner Wermutstropfen fällt in den Becher seiner eitlen Vorfreude auf seinen Auftritt als den großen Vortragenden: Bei seiner letzten überlangen Rede war plötzlich gekichert worden, obgleich der Ernst des Themas dazu nicht den geringsten Anlass gegeben hatte. Dieses Kichern war so ansteckend gewesen, dass die gesamte Aula in unterdrücktem Lachen erbebt war. Dies hatte Heimeran völlig aus der Fassung gebracht, sein Redefluss war unterbrochen. Er hatte sich verhaspelt, gestottert, nur mühsam zum Sinnzusammenhang zurückgefunden. In seiner Aufregung und großen Not, sich wieder zu fangen, war es ihm natürlich nicht möglich gewesen, den Übeltäter, der dies alles ausgelöst hatte, dingfest zu machen. Er, dem sonst niemals etwas entging, musste hier passen. Aber er war sich sicher, dass das erste Kichern aus den Reihen der Mädchen gekommen sein musste. Das nächste Mal bei seiner Rede würde er sehr aufmerksam auf diese mehr als ungebührliche Störung achten. Die heilige Andacht der Zuhörer, dessen war er sich sicher, verlangte danach. Mit aller gebotenen Härte würde er diese renitente Schülerin zur Rechenschaft ziehen. Bloße Ermahnungen würden da nicht ausreichen. Auch ein Eintrag in die Schülerakte wäre als Strafe rein gar nichts, würde gegebenenfalls noch als Aufforderung verstanden, es wieder zu tun, vielleicht sogar eine andere, bis dato unbescholtene Mitschülerin dazu anzustiften. Nein! Nur die körperliche Bestrafung allein kam in Betracht, musste abschreckend wirken auf alle potentiellen Nachahmerinnen. Für immer würde er dieses Kichern und das dazu gehörende Mädchen zum Schweigen bringen. Sein Verdacht hatte sich eben auf dem Schulhof erhärtet, als diese Elke so ostentativ zur Seite geblickt hatte und die anderen drei ihr Kichern nur mühsam unterdrücken konnten...

Die Rede steht. Wie aus einer griechischen Rhetorikschule hat er an den Enden der langen Passagen jeweils deutliche Warnhinweise und Tadel gesetzt. Dennoch sollte dieser Theaterabend zu Heimerans persönlichem Waterloo werden. Obgleich er sich innerlich doch dergestalt gewappnet, die geliebte Rede so kurz wie nur möglich gehalten hat, das gefürchtete Kichern flammt auf. Es kommt aus einer Mädchenkehle, wird vielstimmig aufgegriffen und läuft durch die Reihen der Gäste, als hätte das Theaterstück bereits begonnen. Zwar hat er die exakte Quelle der Ansteckung in seiner Aufregung wieder nicht ausmachen können, doch hernach in der Pause hat er aus einiger Entfernung die Gruppe der vier Oberstufenschülerinnen hören können, wie sie gekichert, gewiehert, sich vor Vergnügen gekringelt haben. Elke, Sonja, Nicole und diese andere, hässliche Christiane. Umgehend beschließt er, eine von ihnen zu töten. Zwecks Abschreckung und auch in sonstiger Weise exemplarisch…

Heimeran besitzt eine kleine Hütte hoch oben in Nordhessen. Ziemlich versteckt und dicht am Wald gelegen. Eigentlich führt kaum mehr als ein holpriger Feldweg dorthin. Ein Nebenerwerbsbauer hatte nach zähem Ringen mit dem kargen Boden mangels ausreichenden Ertrags aufgeben müssen. Niemand wollte hierher, und so konnte er noch von Glück sagen, dass Heimeran ihm seine spärlich möblierte Hütte für gutes Geld abkaufte. Unmittelbare Nachbarn gibt es nicht. Genau das ist es, was Heimeran sucht. Das passt perfekt, denn so ist man eben auch vor neugierigen Augen sicher. Während der Schulzeit kommt er verständlicherweise ziemlich selten hierher, doch jetzt herrscht Ausnahmezustand in seinem Kopf. Die Züchtigung eines der Mädels steht bevor. An den Wochenenden wird gesägt und gehämmert, das alte Haus wird restauriert und renoviert. Heimeran arbeitet allein, schuftet aber für zwei, weil die Zeit drängt und die Rache vollzogen werden muss. Endlich, nach den großen Ferien, ist hier draußen alles für den großen Tag vorbereitet. In der zugigen Scheune, die dem Bauern einst als Heuboden und Garage für Mähmaschine, Traktor und Hänger gedient hat, sind mehrere Reihen von Stühlen aufgestellt, als hätte der neue Hausherr vor, hier Dorftheater spielen zu lassen. Natürlich gibt es eine Bühne, nicht sonderlich groß wegen des fehlenden Platzes, die man über eine Seitentür, zu der mehrere Treppenstufen hinaufführen, erreichen kann. …

Die erste Schulwoche nach den Sommerferien findet die vier Kameradinnen wieder zusammen auf der Bank unter der dicken Blutbuche. In der Turnhalle rasiert sich der Schulleiter Heimeran noch unter der Dusche, hat es keineswegs eilig, nach draußen zu kommen.

„Sagt mal, ist euch aufgefallen, dass Heimeran beim Sportunterricht nicht gegrapscht hat?"

„Er hat demonstrativ die Hand von meinem Po gelassen!"

„Mich hat er am Reck beinahe fallgelassen, weil er mit seiner Hand wirklich ganz zufällig an meine Brust gekommen ist."

Christiane ergänzt:

„Für mich hat er sogar die Matte zurechtgezogen. Ich konnte es gar nicht glauben. Dann hat er mich noch gefragt, ob ich schöne Ferien gehabt hätte. Und ‚Christiane' hat er mich genannt, wo er doch sonst immer nur Schubert zu mir sagt! Wenn ihr mich fragt, ist da was oberfaul. Zu mir war er noch nie nett, aber jetzt war er scheißfreundlich, hat sogar zweimal ‚bitte' gesagt. Ich wette, er führt irgendetwas im Schilde. Wir sollten in der nächsten Zeit wirklich verdammt gut aufpassen. Irgendeine von uns will er sich bestimmt schnappen. Wenn der euch nicht, wie sonst üblich, betatscht, dann will er mehr, viel mehr! Lasst euch das gesagt sein! Meine Ahnungen haben mich noch nie getrogen."

Nahezu eine Viertelstunde später verlässt auch der Schulleiter die Turnhalle, bemerkt die vier und bleibt stehen.

„Herzlich willkommen im neuen Schuljahr, die werten Damen. Jetzt beginnt der Endspurt, und wir müssen alle unser Bestes geben. Auch ich sitze mit im Boot. Wenn ich irgendwie und irgendwann behilflich sein kann, dann werde ich dies selbstverständlich mit Freuden tun. Rasch und unbürokratisch, so wie sie mich kennen."

Er gibt jeder von ihnen freundlich die Hand, zeigt sein frisch rasiertes Parfümlächeln:

„Auf ein gelungenes Abitur! Ist ja nicht mehr lange hin, wie wir alle wissen. Trotzdem glaube ich sagen zu dürfen, dass sie mir alle vier danach sehr fehlen werden. Sie sind ein solch netter Jahrgang, da macht es richtig Spaß, Lehrer und Erzieher sein zu dürfen. Für eine Einladung mit Eisbecher sind sie ja alle bereits viel zu erwachsen, da kann ich sicher wohl nicht mehr mit punkten. Aber nach der großen Prüfung der Reife, meine Damen, würde ich es mir zur hohen Ehre anrechnen, mit ihnen eine dieser famosen, angesagten Discos zu besuchen. Ein Tänzchen in Ehren, hä, hä, sie wissen ja. Aber, nun denn, ich muss selbst eilen, kann nicht länger plaudernd bei ihnen verweilen. Die Pflichten des Schulleiters rufen. Ich empfehle mich, meine Damen."

Weg ist er, winkt noch einmal zurück, bevor er im Schulhaus verschwindet.

„Was ist denn mit dem los? Ist der geläutert? Hatte der ein Saulus Paulus- Erlebnis? Wäre zu schön, um wahr zu sein."

Christiane, die eigentlich positiv überrascht zu sein hätte, gibt die kritische Losung aus:

„Achtung, Achtung! Er führt etwas Böses im Schilde, das spüre ich. Er will uns einlullen. Wir sollen nicht merken, dass er etwas tun wird. Vorsicht, Mädels, wir müssen jetzt höllisch aufpassen!"

Christiane behält recht, Heimeran geht in die Offensive. Bereits am Montag nach der 10. Stunde hält er mit seinem Wagen neben Sonja, die zu Fuß nach Hause unterwegs ist, weil ihr der Bus vor der Nase weggefahren ist. Schon öffnet er die Tür zum Beifahrersitz, bietet ihr freundlich an, sie mitzunehmen, wo immer auch ihr Reiseziel liegen möge. Verängstigt lehnt Sonja mit der Notlüge ab, dass sie noch dies oder jenes in der Stadt zu erledigen habe und noch eine Freundin treffen wolle.

Zwei Tage später wird Nicole von Heimeran angesprochen. Er weiß, dass sie dabei ist, für ihren Segelschein zu üben. Ob sie denn nicht Lust habe, mit ihm am Samstag eine zünftige Törn zu machen? Bei dieser Gelegenheit könne sie doch zeigen, was sie schon gelernt habe. Natürlich weiß er, dass sie ablehnen wird. Er will sie nur verunsichern, möchte, dass sie mit fadenscheinigen Ausflüchten sein Angebot ausschlägt. Nicole schiebt in ihrer Verzweiflung die Schule vor, sie müsse jetzt für das Abi büffeln, da könne sie sich keine freie Minute mehr gönnen. Heimeran frohlockt, legt nach:

„Das nenne ich eine Arbeitseinstellung von hohen Graden! Sehr gut, Nicole, äußerst lobenswert! Ein summa cum laude, sage ich! Darunter geht nichts! Lassen sie mich künftig dabei ihr Gewissen sein und sie stets an die Pflichten erinnern!"

Nach Nicole ist Elke an der Reihe. Heimeran ködert sie. Ein guter Freund von ihm sei Chefarzt, und dieser könne, sofern Elke das benötige und er, Heimeran, dies auch befürworte, Elke einen Studienplatz in Medizin besorgen. Als kleine Belohnung würde Heimeran sie zu einem Erste Hilfe-Kurs einladen, den er, Heimeran, am kommenden Wochenende persönlich leite. Seine großzügige Offerte an Elke ist natürlich wesentlich verlockender als eine nachmittägliche Bootsfahrt. Trotz aller Gefahren, die von Heimeran ausgehen könnten, wäre Elke sicherlich schwach geworden, wenn sie nicht bereits das Studienfach umgeplant hätte. Statt Humanmedizin wolle sie nun Biochemie studieren. Einen Erste Hilfe-Schein benötige sie dafür nicht. Dennoch danke sie sehr für seine angebotene Protektion. Das ist Elkes Glück, denn am Mittwoch nach dem besagten Wochenende ist eine andere Oberstufenschülerin nicht mehr nach Hause gekommen. Alles Warten, alles Suchen und Rufen hilft nichts. Mehrere Hundertschaften Polizei sind im Einsatz. Vergeblich: Sarah G. bleibt spurlos verschwunden.

Man vermutet sofort ein Sexualdelikt. Das liegt insofern nahe, ist doch die Verschwundene eines der hübschesten Mädchen in der gesamten Oberstufe. Unter den gegebenen Umständen der allgemeinen Erregung kann natürlich kein geordneter Unterricht möglich sein, denn es geht die Angst um, dass der Täter erneut zuschlagen könnte. Die Polizisten der Mordkommission pendeln zwischen Schule und Revier; Oberstudiendirektor Heimeran tritt ständig vor irgendwelche Mikrofone der Fernsehkameras, um Interviews zu geben, die zwar lang und umständlich, aber wenig hilfreich sind und einzig seiner Selbstdarstellung dienen. Vier Tage später hat man den mutmaßlichen Täter bereits gefasst: Einen Mitschüler aus der Oberstufe, der sofort zugibt, die verschwundene Sarah G. gekannt zu haben. Natürlich ist das nicht weiter verwunderlich, denn jeder Junge kennt das Mädchen, und es gibt kaum einen, der nicht hinter ihr her war. Weil dieser Mitschüler aber ein Halstuch trägt, von dem man annimmt, dass es der Verschwundenen gehört haben könnte, und er sich beharrlich weigert, die Straftat zu gestehen, wird er kurzerhand in U-Haft genommen, da sowohl Verdunkelungs- wie auch Fluchtgefahr unterstellt werden. Heimeran gibt Interviews mit dem Inhalt, dass gerade dieser Schüler niemals zuvor auffällig geworden sei. Er lege seine Hand für ihn ins Feuer, sei aber zugleich tief enttäuscht, wenn es sich herausstellen sollte, dass dieser tatsächlich etwas mit dem „Mordfall" zu tun habe. Natürlich heizt das der Presse ein, und aus journalistischen Vorverurteilungen werden Lynchaufrufe im Internet. So lange geht die Hatz, bis der Mitschüler nach zwei Wochen endlich wieder freikommt, weil weder eine Leiche gefunden worden ist noch irgendwelche Beweise oder nur Indizien vorliegen. Leider jedoch sind die relevanten Spuren, die zum wahren Täter hätten führen können, längst zertreten und verwischt. Nur der Schulleiter Heimeran gibt weiterhin wenig hilfreiche Interviews an eine Reporterschar, deren Interesse zusehends geringer wird und schrumpft.

Nach diesen turbulenten Wochen ist es Christiane, die letzte in der Mädchengruppe, die der Schulleiter ganz offensichtlich zu ködern versucht. Wieder setzt er an den Vorlieben des Mädchens an. Christiane spiele doch so gerne Theater. Er, Heimeran, übrigens auch. Durch seine Beziehungen könne er ihr ein erstes Engagement an einer kleinen, aber feinen

Schauspielbühne vermitteln. Dort brauche man noch eine zweite dramatische Hauptdarstellerin, eine Antagonistin. Da habe er sofort an sie gedacht. Wäre das nicht verlockend? Natürlich sei das völlig uneigennützig von ihm. Er erwarte auch keinen Dank dafür, freue sich lediglich, ihr diesen kleinen Dienst erweisen zu können. Die, ob des Angebots völlig perplexe Christiane, kann nicht widerstehen, muss zugreifen, willigt ein.

Die Gruppe der Freundinnen warnt. Man erinnert sie an die verschwundene Mitschülerin. Irgendwie stecke doch Heimeran hinter der Sache, selbst wenn man ihm nichts anhängen könne. Sich einer derartigen Gefahr auszusetzen!

„Du weißt, was du tust? Bist du dir im Klaren darüber, was er vielleicht mit dir anstellen wird? Überleg es dir noch einmal! Lass ihn abblitzen! Los, sag ihm ab!"

Christiane gibt sich widerspenstig, wehrt sämtliche Argumente, alle Hilfsangebote kategorisch ab, verhält sich wie ein trotziges Kind:

„Ihr seid doch bloß neidisch. Mich will er, nur mich, nicht euch. Auf diesen Augenblick habe ich so lange gewartet. Immer war ich die Hässliche, musste zurückstehen, durfte mich nie geschmeichelt fühlen, wurde nicht mal wahrgenommen! Diesmal aber kümmert er sich um meine Person, will mich als Mensch, hilft mir, freundlich und uneigennützig. Ich will mich nicht von euch abdrängen lassen. Natürlich gehe ich mit ihm."

Die Wochen verstreichen, die verschwundene Schülerin bleibt unauffindbar; allmählich schwindet sie aus dem Gedächtnis der meisten ihrer Kameradinnen. Sonja, Nicole und Elke haben alle Hände voll zu tun, den schulischen Endspurt des Abiturs zu bewältigen. Ihre Versuche, Christiane von deren Vorhaben abzuhalten, fruchten nichts. Christiane blockt den Protest der anderen weiter ab, meidet zunehmend den Kontakt zu den drei Anderen.

In den Herbstferien fährt sie, trotzig wenngleich seltsam gespannt, mit Heinrich Heimeran zu dessen Haus am See. Sie weiß natürlich noch nicht, dass auf diesem einsamen Weg vor ihr bereits ein anderes Mädchen, allerdings gefesselt und unfreiwillig, fahren musste. Heimeran überlegt, entscheidet sich, gibt Christiane einen ersten, noch recht allgemeinen Überblick. Wie es scheint, handelt es sich tatsächlich um ein Theaterspiel, in dem sie die zweite weibliche Hauptrolle zu übernehmen hat. Erst nachdem Christiane ausdrücklich eingewilligt hat, folgen die weiteren Einzelheiten, die relevanten, die pikanten Details. Heimeran beschönigt nichts, seine Begründungen klingen schlüssig. Und emotionslos wie ein unbeteiligter Chirurg schildert er ihr nun auch seinen Mord an ihrer Mitschülerin und was er mit der Leiche anschließend gemacht hat. Dies als Teil des zu spielenden Theaterstücks. Er lässt nichts aus. Christiane ist schockiert, entsetzt, drückt sich tief in ihren

Autositz, unfähig zu sprechen. Er hält an, lässt den Motor laufen. Schweigend sitzen sie. Er gibt ihr die Zeit, das Gehörte zu verdauen. Eine herbe Kost für ein junges Mädchen. Sie weint, versteht nicht, was da vorgefallen sein muss. Noch einmal legt er deshalb seine Argumente dar. Dabei drängt er sie nicht, stellt ihr sogar anheim, sie sofort und unversehrt wieder zurückfahren zu wollen, sollte die Rolle zu schwierig sein, sie psychisch überfordern. Er bietet ihr sogar an, sich der Polizei zu stellen, will büßen, wenn sie das will. Christiane soll entscheiden.

Nein, sie will nicht weg, möchte bleiben, ist jetzt bereit, mit ihm das finale Theaterstück zu spielen. Sie verspricht, dabei ihr Bestes zu geben. Niemals würde sie eine gute, eine erstklassige Schauspielerin werden, wenn sie so kurz vor der Premiere kneife, ihr die Gefahr zu groß erschiene, in der Rolle zu versagen. Ja, es wird ihr Auftritt werden, sie wird mit der Dramaturgie der Handlung persönlich wachsen!

Heimeran atmet tief ein und aus. Man merkt ihm die Anspannung und die nachfolgende Erleichterung deutlich an. Noch ein paar kurze Erklärungen aus dem Drehbuch, dann händigt er ihr das Manuskript für ihren Part aus. Während sie auf ihrem Zimmer versucht, in die ihr zugedachte Rolle zu schlüpfen, bereitet er in der Küche alles für eine kleine Mahlzeit vor. Er hat ein kaltes Abendessen vorgesehen: Entenbrust in einer pikanten Orangensoße, frisches, knuspriges Baguette, ausgelöste Artischockenherzen und eine Flasche Champagner Veuve Cliquot. Christiane trinkt ein halbes Glas, muss noch ihren Text bearbeiten, sich seelisch einstimmen. Heimeran versteht, ist so ganz anders als sonst in der Schule, trinkt selbst auch nur ein Glas und hängt danach seinen schwarzen Anzug auf den Bügel, auf dass er knitterfrei am nächsten Morgen sei. Man zieht sich nicht allzu spät auf das jeweilige Zimmer zurück, doch während Heimeran bereits im Bett liegt, feilt Christiane angestrengt an ihrem Text. Lange noch brennt das Licht bei ihr. Als sie es löscht, kann sie trotz Müdigkeit nicht einschlafen. Eine seltsame Situation: Lehrer und Schülerin liegen Wand an Wand in ihrer jeweiligen Dunkelheit. Der morgige Tag wird für beide eine Wendung bereithalten, die sie trotz Drehbuch und schriftlicher Vorbereitung in dieser emotionalen Form nicht antizipieren können.

Schon früh, nach schlafloser Nacht, ist jeder wieder mit seinen eigenen Gedanken und intensiven Vorbereitungen beschäftigt. Keiner der beiden spricht, obgleich sie das gerne täten, um wenigstens ein bisschen von dieser steigenden Spannung abzubauen. Aber die verbleibenden Stunden des Tages werden gebraucht, um die letzten Pointierungen zu setzen. Darüber wird es Abend, und endlich legt ihr Heimeran stumm seine Hand auf den Arm und bedeutet ihr, dass die Zeit gekommen sei. Christiane lächelt ihm zu, nickt, geht mit ihm. In der zur Aula umgebauten Scheune sind mehrere lange Stuhlreihen zusammengestellt. In der linken, ersten hat bereits ein junges Mädchen in einer Art Schuluniform Platz genommen. Es handelt sich um die vor Wochen verschwundene Oberstufenschülerin, Sarah G.. Diese sitzt schweigend auf ihrem Stuhl, ungewöhnlich aufrecht und dabei sehr, sehr tot. Gleichwohl scheint sie aufmerksam auf die kleine Bühne vor sich zu blicken. Heimeran hat sie taxidermistisch perfekt präpariert. Bis auf die haarfeine, rote Naht, die sich um ihren weißen Mädchenhals zieht, könnte sie beinahe leben, möglicherweise sogar aufstehen und unbekümmert weggehen. So aber bewegt sie sich nicht, wartet zeitlos, wirkt dennoch wie neugierig auf das kommende Geschehen. Für sie sind Heimerans Erklärungen, warum es zu ihrer Bestrafung kommen musste, ja auch nicht gänzlich unwichtig. Aber sie ist leider nicht mehr länger die Hauptakteurin in diesem makabren Drama. Dafür muss sie sich aber auch nicht selbst rechtfertigen, bekommt eine lebende Verteidigerin zur Seite gestellt: Christiane nimmt hinter Sarah G. Platz. Die Stuhlreihen auf der gegenüber liegenden Seite bleiben leer. Keiner räuspert sich, niemand hustet oder kichert unterdrückt, wie es sonst im Theater so üblich ist. Mit Bedacht wird eine Seitentür zur Bühne geöffnet, deren drei Treppenstufen Heinrich Heimeran soeben erklommen hat. Er betritt die Bühne seines Lebens, verbeugt sich leicht aus der Hüfte heraus und beginnt:

„Verehrte Gäste, liebe Schülerinnen! Wir haben uns an diesem Abend und an diesem Orte versammelt. Wir könnten also durchaus damit beginnen, eine sehr spezielle Theateraufführung zu zelebrieren, wenn ich nicht zunächst über einen Vorfall zu berichten hätte. In Anwesenheit von Ehrengästen ist aus den Reihen der Schülerinnen gekichert worden, obwohl dies nach der Schulordnung strengstens verboten ist. Dies war für alle Beteiligten und für mich höchst empörend und verlangte nach einer angemessenen Bestrafung. Da sich jedoch keine der in Frage kommenden Schülerinnen zu der Untat bekannt hat, sich nicht der Konsequenz stellen wollte. war ich gezwungen, pars pro toto zu verfahren, das heißt, eine Schülerin stellvertretend für alle zwecks Bestrafung auszuwählen. Die hier so stumm und devot vor uns sitzende Schülerin Sarah ist von mir dazu auserkoren worden, Sühne zu tun. Wie man an ihr erkennen kann, war meine Wahl durchaus richtig. Ihr albernes Kichern ist seitdem ausgeblieben. Insofern möchte ich meine Entscheidung im Folgenden begründen:

Kein Außenstehender ist sich darüber im Klaren, wie sehr ein Lehrer unter der Missachtung seiner Schüler möglicherweise zu leiden hat. Meine Nase ist eine Bestrafung, die mir die Natur auferlegt hat. Daran habe ich mich inzwischen gewöhnt und könnte damit leben. Nicht aber mit dem Spott, den andere über mich ausgießen. Diese Schülerin, die da kicherte, lachte über meine Nase! Das war in hohem Maße unfair, denn erstens machte sie mich damit vor allen Anwesenden lächerlich, und zweitens verdarb sie mir meine Rede.

Wie viel Arbeit habe ich investiert, daran gefeilt und geschliffen, um anschließend durch dieses blöde Kichern völlig aus dem Konzept zu kommen, zu stammeln wie ein Erstklässler! Keiner kennt meine Alpträume, meine nächtlichen Schweißausbrüche, wenn ich nur an dieses Kichern denke. Wie das Fallbeil der Guillotine schwebt die Angst davor über mir. Ich sterbe 10 Tode, aber das ist den Schülerinnen egal. Für sich verlangen sie nach Respekt, doch mir verweigern sie ihn. Unerbittlich schlagen sie in dieselbe Kerbe, und wenn ich mich zur Wehr setze und sie dort packe, wo es ihnen ebenfalls nicht recht ist, dann bin ich der Grapscher mit den schmierigen Händen. Dass ich meine Nervosität kaum unter Kontrolle bringen kann, das verstehen sie nicht. Wollen es auch gar nicht! Treiben mich in den Wahnsinn und zwingen mich zu morden! Ich musste Sarah töten, um zu überleben! Deshalb bin ich von der Richtigkeit meiner Vorgehensweise absolut überzeugt. Dennoch möchte ich der Schülerin Christiane die Gelegenheit geben, die schuldige Sarah G. zu verteidigen, und bitte um deren Plädoyer."

Anstelle der toten Sarah hält Christiane nun die erbetene Gegenrede:

„Du, Heinrich Heimeran, wähntest dich bei deinem Tun im Recht. Du glaubtest an die Absolutheit der Idee und daran, dass alles Wirkliche nur eine Realisierung dieser reinen Idee sei. Das war dein Credo, dem du stets treu gefolgt bist. Weit gefehlt! Dann wurdest du sogar verspottet, verlacht und bloßgestellt, weil die Natur ihre guten Gaben statt über dich, über andere ausgeschüttet hat. Sie hat dir eine schiefe Nase vererbt, dir damit sozusagen eine Nase gedreht, dich sogar an dieser Nase herumgeführt. Alles unschön, wenig fair und feinfühlig und keineswegs dazu angetan, sich in kritische Distanz zu sich selbst zu begeben. Du hast das Recht zu klagen, dich zu beklagen, doch es ist nicht an dir, darüber zu entscheiden, wen das Schicksal letztendlich begünstigt oder wen es benachteiligt, weil du die verschlungenen Wege niemals verstehen wirst. Sei verständnisvoller und demütiger! Lass mich es dir an einem Beispiel erläutern. Ein Mensch, dem Böses widerfahren ist, entscheidet sich, das ihm angetane Unrecht zu rächen. Er tötet den Täter. Doch der Getötete wiederum findet ebenfalls einen, der sagt, dass dem Getöteten Unrecht angetan worden sei und tötet daraufhin den Mörder des Getöteten. Es gibt viele, die diese Kette von Tat und Untat gedankenlos fortsetzen, doch es gibt nur wenige, die sagen, dass dieses nicht enden wollende Unrecht gebrochen werden muss. Wie wägt man die Schwere der Tat gegen die Schwere der Vergeltung? Wie viel begangenes Unrecht schafft wieder Recht? Oder, anders ausgedrückt: Wenn ich für ein getötetes Kind 11 andere Kinder töte, wird dann das erste dadurch wieder lebendig? Du, Heinrich Heimeran, hast gefrevelt, weil du gemordet hast, ohne Richter sein zu dürfen. Nach deinem Gesetz des strafenden Ausgleichs hättest du damit gleichermaßen das Recht auf dein eigenes Leben verwirkt? Mag sein. Das gilt aber nicht für die unschuldige Sarah. Du nimmst eine für alle in Sippenhaft. Ich kann nicht allen Laufenden die Beine abschneiden, nur damit dann alle im Rollstuhl sitzen müssen. Alle diese abgetrennten Beine vermögen es nicht, irgendeinen beliebigen Körper auch nur einen Meter weit zu tragen. Du hast falsch gedacht und gehandelt, Heinrich Heimeran! Die fatale Kette von Rache und Gegenrache muss durchtrennt werden. Dieser Zeitpunkt ist nun gekommen. Du bist diese Stelle, an der ich nun trenne. Hiermit entfessele ich dich aus deinen gedanklichen Ketten, entbinde dich aus deinen quälenden Irrtümern und gebe dich frei! Es würde der toten Sarah nichts nützen, wenn sie dich getötet sähe. Dadurch würde sie auch nicht wieder auferstehen können. Gehe also sinnvoll und umsichtig mit deiner neuen Freiheit um, damit sie dich leite aus dem Labyrinth der Irrungen und Wirrungen!"

Nachdem Christiane geendet hat, geht sie zu der Bühne, auf der Heimeran gewartet und zugehört hat. Damit sie aber nicht zu ihm aufsehen und den Kopf in den Nacken legen muss, springt er die kleine Erhebung hinab und steht dicht vor ihr. Sie schaut sehr ernst:

„Das, was ich in meiner Eigenschaft als Verteidigerin auf deine Rede erwidert habe, gilt voll und ganz. Doch es bleibt noch etwas nachzutragen, weil es wichtig für das Gesamtverständnis ist. Als du deine Rede zur Einleitung des Theaterabends hieltest, bei der gekichert worden ist, waren es nicht Elke, Sonja oder Nicole, die damit angefangen haben. Es war auch nicht Sarah, die stellvertretend für uns Mädchen von dir bestraft worden ist. Ich war es, die gekichert hat! Mich hättest du züchtigen müssen! Aber ich war zu feige, mich zu melden, weil ..."

Er legt ihr den Finger auf den Mund, aber sie will weiter reden:

„Lass es mich erklären! Ich weiß, dass du gemerkt hast, wer da kicherte, und du ließest es mich nicht büßen. Weil du eben wusstest, dass ich dich nicht auslachen wollte. Weil es die Art dummer Gören ist zu kichern, wenn sie nicht wissen, was sie machen sollen. Wie gerne würden sie sich anders verhalten, können es aber nicht besser. Diese Mädchen fühlen etwas in ihrem Innern, das sie nicht kennen und was sie nicht zu deuten vermögen. Genau so wenig konnte ich es. Aus tiefer Unsicherheit heraus habe ich albern gekichert, unfähig, meine wahren Gefühle zu deuten, mir gar einzugestehen, dass ich dich liebe. Weil wir Mädchen, so dumm und albern wir uns auch anstellen, dennoch lieben wollen. Richtig und bedingungslos lieben, es aber noch nicht können. Deshalb verspotten wir dann ausgerechnet denjenigen, den wir tatsächlich lieben. Und wenn wir spüren, dass der andere uns ebenfalls liebt, dann bricht es uns das Herz. Viel zu spät ist es dann zur Umkehr. Danach bleibt kein Mut mehr zu bekennen, dass man bereut. Alle Details sind zwar wie in gleißendes Licht getaucht, aber man sieht eben nicht das Ganze. Ich ahnte es nur, du dagegen wusstest es und durftest nicht entsprechend reagieren, musstest etwas Böses tun, was konträr zur Liebe stand. Du musstest töten, weil du mich vor deinen hohen Prinzipien schützen wolltest. Erst als Sarah verschwunden war, hatte ich verstanden. Mir wurde klar, dass auch du mich liebst. Sarah ist Opfer meiner grenzenlosen Dummheit geworden. Deshalb bitte ich dich um Verzeihung dafür, dass du Sarah, stellvertretend für mich, töten musstest. Du hast aus Liebe gehandelt. Mit meiner Verteidigungsrede für Sarah gibst du mir nun die Gelegenheit, meinen Fehler zu bekennen. Unsere letzte Abrechnung in dieser Theaterszene ist unserer Liebe geschuldet. Ich stehe hier, weil ich die wahre Täterin bin. Nicht du, sondern ich habe Sarah auf dem Gewissen. Dafür muss ich geradestehen. Zu spät erst bin ich mir meiner Verantwortung bewusst geworden. Deshalb bitte ich dich, ebenfalls durch deine Hand gemordet zu werden, um hernach neben Sarah Platz nehmen zu müssen!"

Heimeran sieht die Tränen in ihren Augen. Es tut ihm gut, sich nicht in ihr getäuscht zu haben, und er fühlt, wie ihn eine innere Ruhe nach der langen Phase der Rastlosigkeit überkommt. So behutsam, als wäre sie aus zerbrechlichem Porzellan, nimmt er die Schülerin Christiane in den Arm; seine Entscheidung steht schon lange fest:

„Wir werden gemeinsam diesen kurzen Weg der Liebe gehen!"

„Pralinen – edel verpackte Genüsse nachhaltigen Inhalts"

SIEBEN KÖSTLICHKEITEN

„Meine verehrte Frau Nachbarin. Hierbei handelt es sich um ganz besondere Pralinen. Was diese auszeichnet, ist nicht allein ihr leckeres Äußeres, sondern vielmehr ihr delikates Innenleben. Edle Kakaobohnen aus den besten Anbaugebieten dieser Welt, seltene, erlesene Trüffel, speziell aromatisierte Mandeln, spritzig-freche Champagnermousse, feinste Fruchtauszüge. Kreationen aus Meisterhand also? Richtig! Aber das ist nicht alles! Eine besondere Zutat noch, die zu erwähnen, mir wahre Genüsse bereitet. Unter diesen sieben Köstlichkeiten verbirgt sich nämlich das Bonbon des Todes. Doch", der Nachbar hebt die Hand, um einem möglichen Einwand Corinnas zuvorzukommen, „nur eine einzige dieser Pralinen trägt Aflatoxin als krönendes Kompositum. Die anderen sechs sind gewissermaßen jungfräulich und können bedenkenlos verzehrt werden."

Als Corinna nicht in der erhofften Weise reagiert, wird ihr neuer Nachbar konkreter:

„Ich habe eine von ihnen mit Schimmelgift präpariert!"

Das sollte schockieren, provozieren, eine spezielle Form der Kontaktaufnahme mit seiner Nachbarin darstellen, doch die offene Beichte will nicht so recht funktionieren: Das Echo darauf ist gleich null! Statt entsetzt aufzuschreien, empört aufzuspringen, sitzt Corinna wortlos vor der kleinen, exquisiten Bonbonière, die sie gerade von ihm überreicht bekommen hat.

Corinna, eine Frau von Mitte vierzig, die nicht so recht weiß, wie sie reagieren soll. Bei dem Geschenk handelt es sich um handgefertigte Pralinen, mithin keineswegs um die übliche Dutzendware, wie in jedem beliebigen Süßwarenregal erhältlich. Ein sehr persönliches Präsent also, über das sich eine Frau eigentlich freuen müsste. Zumindest würde es der spendable Schenker gerne so sehen. Heutzutage aber oftmals weit gefehlt, stecken doch selbst die köstlichsten Süßigkeiten voll mit Kalorien und Joule! Kilokalorien sind nun mal Hüftgold, selbst wenn es aus achtzehn Karat bestünde! Corinnas Furcht davor muss erst einmal gebändigt werden. Da bleibt kein Platz für abstrakte Ängste vor noch so konkreten Giften.

Natürlich träumt jede Frau irgendwann davon, in der süßesten aller Weisen verführt zu werden, doch nicht um den Preis der ungewollten Gewichtszunahme. Die Zeiten, in denen man ein Kätzchen noch mit Zuckerbrot zu locken vermochte, gehören für die aufgeklärte Frau von heute längst der kalorischen Vergangenheit an. Ein heikles Problem, ein schier unlösbares Dilemma für Schenker und Beschenkte gleichermaßen. Denn bevor man als Frau überhaupt noch der Versuchung nachgegeben hat, meldet sich augenblicklich der stets wachsame Badezimmercomputer der Personenwaage und mahnt zu Vorsicht und Einsicht. Ein solcher Zensor ihres Körpergewissens versteckt sich auch in Corinnas Bad. So ist es nicht weiter verwunderlich, dass sie unschlüssig vor den sündigen Verlockungen sitzt und mit sich und den verbotenen Gelüsten ringt. Die Aussage des Nachbarn, dass eine von diesen Dingern vergiftet sein soll, hat Corinna zwar vernommen, doch überlagern die inneren Monologe das Gehörte und lassen es unwichtig erscheinen.

Eine äußerst vertrackte Sache für den neuen Nachbarn, der seit drei Wochen neben ihr wohnt und lebt. Tür an Tür, Wand an Wand, Schlafzimmer an Schlafzimmer! Heute hat er geläutet, sich in Schale geworfen. Sie hat es für gut befunden und ihn in ihre Wohnung eingeladen. Jetzt steht er da mit seinem Verpackungspapier und seiner Aufklärung über besagten Inhalt, hat von ihr eine komplett andere Reaktion erwartet. Dass Corinna schweigend sitzt und stattdessen über Kalorien und die Frage nachdenkt, ob sie der Versuchung des Verzehrs nachgeben soll, kann er unmöglich ahnen. Handgefertigte Pralinen! Da kommt dem anderen Gift allenfalls eine untergeordnete Bedeutung zu. Welche Frau sollte da nicht schwach werden bei einem Mann, der solch noble Präsente verteilte? Da er dies aber nicht weiß, wiederholt er:

„Eine von ihnen ist vergiftet!"

Von Corinna wiederum keine deutbare Resonanz, als wäre sein warnender Ruf in der Wüste verhallt. Da er bei seiner Nachbarin weder von deren Kalorienlust noch Kalorienfrust nicht das Geringste ahnt und parallel dazu die Fragen nach Annahme oder Ablehnung des Geschenks, nach Verzehr oder Abwehr nicht kennt, wird er zusehends unruhig, dann ungeduldig. Denn für ihn bedeuten seine Pralinen weit mehr als nur eine aufmerksame Höflichkeit seiner Nachbarin gegenüber: Er will mit ihr und ihnen spielen! Ein modernes trojanisches Pferd, nicht aus Holz geschnitzt, sondern aus Crèmes moduliert. Mit ihm überbringt der Schenker eine nicht gerade harmlose Liebesbotschaft. Ohne falsche Scham hält er mit seinen erotischen Absichten durchaus nicht hinterm Berg, sagt genau, was er von ihr möchte und was sie dazu tun soll. Nur sie versteht es nicht! Kann er noch eindringlicher formulieren?

„Sobald sie diese eine Praline, die vergiftet ist, gegessen haben, werden sie qualvoll sterben müssen!"

Trotz dieser Deutlichkeit zeigt sich Corinna keineswegs geschockt. Dies ist leicht damit zu erklären, dass sie die nun zu direkt formulierte Botschaft so nicht verstehen kann. Solche off beat Spiele sind ihr fremd. In aller Unschuld ist sie immer noch beim simplen Kalorienzählen. Während für ihren Nachbarn das Spiel schon begonnen hat, begreift Corinna weder Einsatz noch Spielausgang. Mit schmeichelnder Stimme versucht er erneut sein Glück:

„Sie müssen es nicht tun, meine Liebe, wenn sie es nicht wollen. Gleichwohl würden ihnen dabei, sagen wir mal so, gewisse Sensationen entgehen. Doch wenn sie sich entschieden haben, dann würden sie mir damit eine wirklich große Freude bereiten. Zudem würde es eine erotische Dynamik entfalten, eine Art von aufbauender Strahlkraft in unsere nachbarschaftliche Beziehung bringen, die sie selbst sicherlich ebenfalls gerne haben wollen. Lehnen sie sich also zurück, lassen sie sich Zeit, machen sich ohne Eile vertraut mit diesem neuen, noch ungewohnten Gedanken, dass eine dieser Pralinen vergiftet ist, und genießen sie danach mit all ihren weiblichen Sinnen den Nervenkitzel dieser sieben Köstlichkeiten!"

Corinna nickt jetzt mechanisch, fast marionettenhaft. Eine Gliederpuppe, die längst noch nicht realisiert, was er da von ihr begehrt. Sein Verlangen erscheint einfach zu abwegig, geradezu pathologisch. Dieser neue Nachbar, ein Mann Mitte fünfzig, steht vor ihr, fast schüchtern wie ein Junge, in der Hand noch das Seidenpapier haltend, in das die Pralinenschachtel eingeschlagen war. Vor ihm, im Sessel, die noch immer in ihre widerstreitenden Gedanken versunkene Corinna. Eine Szene, so harm- und arglos, wie man sie häufig auf den Schäferbildern alter Meister finden kann, wo Wölkchen über einen Himmel ziehen, der blauer nicht sein kann. Wer denkt da an einen Gifttod durch Schimmelpilze? Bestimmt nicht Corinna. Noch ist ihr Misstrauen nicht erwacht. Lediglich in den Augen des Nachbarn glimmen gelbliche Funken, als würde ein Tiger listig blinzeln, bevor er zum Sprung ansetzt. Corinna bemerkt dies nicht, starrt wie gebannt auf die separat verpackten Köstlichkeiten, versteht nicht die tödliche Implikation und vermag nur ein leises Dankeschön zu murmeln, während der Nachbar mit stiller Genugtuung beobachtet, wie ihre Hände, die das kleine Paket umklammern, leise zittern. Geschickt setzt er seine weiteren Worte, Corinnas fortdauernde Apathie für seine Zwecke nutzend.

„Wie bereits erwähnt, meine Liebe, müssen sie keineswegs übereilt handeln. Nicht gleich, nicht jetzt, nicht sofort! Ich habe Zeit, kann warten. Schließlich soll alles zwischen uns völlig freiwillig geschehen, jede Form von Zwang wäre gänzlich unangebracht und würde unsere wunderbare Spielanordnung nur stören." Er legt eine kurze, bedeutungsvolle Pause ein. „Es würde mich glücklich machen, wenn sie sich letztlich zu dem Schritt durchringen könnten, diese sieben Pralinen eine nach der anderen einzeln zu verkosten. Sehr freuen würde es mich auch deshalb, denn es wäre ein deutlicher Beweis nachbarschaftlichen Vertrauens. Lassen sie die verführerische Süße auf ihrer Zunge tanzen, bis die Kuvertüre komplett geschmolzen ist und sie die nun unschuldige Seele mit ihren Zähnen erreichen und lustvoll hineinbeißen können! Dabei schließen sie die Augen und denken an mich! Ich bin dann ganz bei ihnen!"

So oder ähnlich flüstert der Nachbar, Corinna vernimmt es wie in Trance. Es ist die Versuchung pur!

Seine Stimme klingt jetzt belegt, fleischig. Dann, nach einer Weile der Stille, in der Corinna sich immer noch nicht gerührt hat, legt er ihr seine Hand auf die Schulter, fährt deren Rundung ab, ohne zu weit zu gehen, und verabschiedet sich, um dennoch erneut zu bitten:

„Denken sie daran: Freiwillig und freien Herzens! Nicht nur ich begehre es, auch sie sollen und wollen es ebenso! Für sich und für mich! Dann erst werden sie es richtig genießen können. Überstürzen sie also nichts! Entscheiden sie in Ruhe! Es ist ja nur ein Spiel unter guten Freunden." Und da er endlich merkt, dass ihm eigentlich nur Corinnas Unterbewusstsein lauscht, spricht er es offen aus: „Ich werde sie erst dann richtig lieben können, wenn sie nach dem Genuss der siebenten Köstlichkeit aufreizend leblos in meinen Armen ruhen!"

Er geht; Corinna bleibt zurück, unfähig, ihre Gedankenwirbel zu ordnen oder gar in eine vernünftige Richtung zu zwingen. Eine lange Zeit verstreicht. Hatte sie richtig gehört, seine Worte auch genau verstanden? Er verlangt danach, sie tot in seinen Armen halten? Das klingt furchtbar! In ihr dämmert die Erkenntnis: Er ist ein Psychopath, der sie in seine seelischen Abgründe zerren will! Nur mühsam richtet sie sich aus ihrer zusammengekauerten Haltung auf, empört sich laut:

„Welch ein bizarrer Wunsch! Was für ein unglaubliches Ansinnen! Was fällt diesem Mann überhaupt ein? Wir kennen uns kaum, und er stellt schon hundsgemeine Forderungen an mich! Nie und nimmer!"

Doch der neue Nachbar lässt ihr keine Chance zum Verschnaufen. Schon klingelt er mit seinem Handy bei ihr durch, gibt vor, etwas Wichtiges vergessen zu haben, hebt dabei noch einmal ihre freie Entscheidung für oder gegen ihre Teilnahme am Spiel hervor. In Wahrheit freilich will er ihr gar keine Zeit lassen, in Ruhe und mit der nötigen Distanz darüber nachzudenken. Zwar immer noch leicht verstört, ist Corinna jetzt in der Lage, diese nur mühsam kaschierte Gier aus seinen samtweichen Worten herauszufiltern. Doch seltsam, statt zu widersprechen, zu schreien oder bestenfalls einfach aufzulegen, ihm nie mehr wieder die Tür zu öffnen, erregt es sie bis zu einem gewissen Grade. Die reine Vorstellung, einen wahrhaftigen Liebestod zu sterben, hat einiges für sich. Sie fröstelt unter einem geheimen Schauer.

Noch ganz in diese sehr neuen und fremden Gedanken eingebunden, geht Corinna in die Küche, um sich abzulenken und ein beruhigendes Getränk zuzubereiten. Erst greift sie nach der Dose mit dem Jasmin -Tee, entscheidet sich aber dann doch für die Kamille, als wäre ihre Seele verwundet und diese brauchte so etwas wie heilende Naturmedizin. Mit der dampfenden Tasse kehrt sie ins Wohnzimmer zurück, nimmt auf dem Sofa Platz und versucht, weit weniger aufgewühlt als zuvor, die Worte ihres Nachbarn ins nunmehr wache Bewusstsein zu rufen.

Was hatte dieser Mann da von ihr wirklich gewollt? Hatte er gebeten oder gefordert? Hatte er ihr die scheinbar leckeren Pralinen nur geschenkt, um seine perversen Neigungen zu befriedigen? Eigentlich hatte sie immer gedacht, sie wüsste, wie Männer ticken, doch da schien es Gefühlsebenen zu geben, von denen sie auch noch niemals zuvor gehört hatte.

Während sie vorsichtig an dem noch heißen Tee nippt, greift ihre Hand gedankenverloren nach der Bonbonière, entfernen ihre Finger die glänzende Umhüllung eines Pralinés, beißen ihre Zähne ein kleines Stück davon genüsslich ab. Mit der Zunge prüft sie die ausgewogene Süße, entdeckt die feinen Aromen von Macadamia und Bourbon Vanille, lässt den schokoladenen Schmelz sich an ihrem Gaumen ausbreiten. Doch der Achtlosigkeit entspringt wie ein rotes Stoppsignal die Erinnerung an die mögliche Gefahr, und sie erschrickt, als wäre das Gift bereits in ihre Blutbahn gelangt. Laut möchte sie schreien, den unheimlichen Verführer sofort wieder aus ihrer Mundhöhle verbannen, doch der hat sich längst in allerfeinste Duftmoleküle aufgespalten und ausgebreitet. Dort, auf ihrer Zunge, krallt er sich fest, verteilt sich über den Gaumen, haftet an den Schleimhäuten. Wie will man auch ein Praliné, das mit all seinen exquisiten Waffen bereits von einem Besitz ergriffen hat, wieder loswerden? Selbst wenn es sich als hochgiftig herausstellen sollte? Es geht nicht mehr, lässt sich nicht vertreiben! Jedenfalls nicht rasch und konsequent genug, um zu überleben. Auch nicht mit heißem Kamillentee, der in Panik im Mund herumgewirbelt wird, um zu desinfizieren. Wie denn auch? Banale Kamille vom Wegrain gegen die transzendente Feinstofflichkeit eines exotischen Schimmelpilzdestillats? Wer dürfte da wohl als Sieger vom Platze gehen?

Doch derartige Subtilitäten interessieren die in Todesangst zur Toilette stürzende Corinna nicht einmal am Rande. Sie versucht, sich zu übergeben, will das Gift aus ihrem revoltierenden Magen gewaltsam entfernen. Mit den Fingern über der Zunge drückt sie tränenüberströmt ihr Gesicht tief in die Kloschüssel, unfähig, sich weiter gegen das Sterben zu wehren, währenddessen der nette Nachbar mit seinem Handy Corinnas Agonie minutenlang schamlos einläutet. Seine virtuelle Gestalt entsteht aus dem Nebel ihrer verwirrten Sinne wie die des Erlkönigs, der dem kranken Kind in den Armen des Vaters ein furchtbares Leid antut:

> Ich bringe dir diese verzauberten Pralinen, um
> mich deiner devoten Ergebenheit zu versichern.
> Unsere neue Beziehung soll über den Tod hinaus
> dauern. Wann immer ich an deiner Tür läuten
> werde, hast du zu öffnen, um stets aufs Neue die
> Probe der Liebe zu bestehen!

Als Nachbar „Erlkönig" endlich wieder aus ihrem Bewusstsein verblasst ist, geht es Corinna deutlich besser. Mit der Spitze ihrer Zunge erspürt sie zwar noch süßliche Überreste der Schokoladenattacke am Gaumen, doch der gefürchtete Vergiftungstod ist nicht eingetreten. Tief atmet sie ein und aus. Diese Praline war ganz offensichtlich nicht präpariert; die vermeintliche Vergiftung, das grausam durchlebte Sterben und der anschließende Tod hatten sich nur in ihrer hysterischen Einbildung abgespielt. Ganz umsonst hatte sie diese Ängste ausgestanden, hatte zu allem Überfluss auch noch dieses so köstliche Bonbon mit solchem Ekel ausgespien, als wäre eine Natter in ihre Mundhöhle gekrochen und hätte dort ihre Brut abgelegt. Corinna ist voll der Reue. Dumm sei sie gewesen, habe überreagiert. Gar zu verschwenderisch sei sie mit dem Geschenk umgegangen. Schließlich habe dieses Praliné ihr doch nichts antun wollen. Hatte, im Gegenteil, so herrlich köstlich geschmeckt. Besser, sie hätte es im Mund behalten, die Augen geschlossen, seiner sanften Verführung stattgegeben. So freilich war es schnöde und profan im Klo gelandet. Mithin blieben ihr leider nur noch sechs dieser speziell für sie gefertigten Verlockungen, vergiftet oder nicht, tödlich oder köstlich! Corinnas Ängste sind völlig verflogen. Sie nimmt sich vor, fortan souveräner zu agieren, mehr über den Dingen zu stehen, statt blind und übereilt zu reagieren. Vor allem künftig weniger auf ihre weiblichen Instinkte zu vertrauen.

Wie zur Bestätigung des neuen Kurses ruft sie sogleich ihren Nachbarn an, gesteht ihm, dass sie von seinen „überirdischen" Pralinen eine bereits „vernascht" habe, verschweigt ihm aber in ihrer überquellenden Danksagung, unter welch entwürdigenden Umständen diese erste Verkostung tatsächlich stattgefunden hat. Sofort merkt der Nachbar, dass diese Übertreibungen einem ziemlich schlechten Gewissen entspringen, ist darob mehr als zufrieden, fordert Corinna sogar auf, ihm genauestens ihre sinnlichen Sensationen zu schildern. Wie vordem ihre Angst überbordete, so ungeniert lügt Corinna jetzt. Mit wolkigen Formulierungen und immer neuen lobenden Arabesken schmückt sie das „sublime" Erlebnis derart gekonnt aus, als hätte sie dabei ihre Todesqualen einfach auf den Kopf gestellt. Wie ein schwirrender Kolibri schwärmt sie von Nektar und Ambrosia in ihrem geschönten Rapport. Nach dem Gespräch reckt und streckt sie sich, fühlt frische Kraft durch ihren Körper strömen, wendet energischen Schrittes sich zur Küche, um diesmal einen extra starken, grünen Tee zu brauen. Mit dem ersten Schluck spült sie die kaum noch vorhandene Erinnerung an ihr schlechtes Gewissen hinweg, um sodann, seltsam übermütig, fast tollkühn, eine weitere der geschenkten Pralinen zu verzehren. Bequem in die Kissen ihres Sofas zurückgelehnt, gibt sie sich nun, wie vorher dem Nachbarn bereits telefonisch beschrieben, ganz den geforderten Liebesbeweisen hin, dabei nicht im Mindesten besorgt oder beunruhigt.

Wie ein unschuldiger erster Kuss im Dunkeln umhüllt die glänzende Kuvertüre den noch unbekannten Inhalt. Mit der Spitze ihrer Zunge forscht Corinna nach den exklusiven Ingredienzien. Ein Hauch von absolutem Luxus durchweht ihre Sinnenwelt. Die schmelzende Schokolade flüstert verführerische

Worte, verspricht nie gekannte Genüsse und entfacht dann eine leidenschaftliche Symphonie aus Düften, die Corinna nicht nur schmecken, sondern sogar fühlen kann: Das Wunderwerk eines Maître Chocolatier.

Dieses Mal handelt es sich bei Corinna um ein bewusst durchgeführtes Selbstexperiment, ein Lavieren zwischen Lust und Wollust, ein kokettes Spiel mit dem Schierlingsbecher der großen Philosophen. Gleichzeitig mit der schmelzenden Praline auf ihrer Zunge schlüpft Corinna in eine neue Seinsform, die nur für diese metaphysische Sekunde existiert.

Was aber hat den Nachbarn dazu bewogen, ein derartiges Ansinnen an Corinna zu stellen? Handelte es sich dabei um verschleierte Perversionen? Sexuelle Neugier, inwieweit die Grenzen der Begierden hinausgeschoben werden können? Auf beiden Seiten gar? Sicherlich hat er Corinna überrumpelt. Doch eigentlich kann sie schon nicht mehr zurück. Wie hatten seine Worte über das Spiel gelautet?

„Ich tue es für uns beide, liebe Frau Nachbarin. Sagten sie nicht neulich, dass sich die Beziehungen zwischen den modernen Menschen abgekühlt hätten und daher reizlos geworden seien? Erwähnten sie dabei nicht jene Szene in diesem Fernsehfilm, den wir beide gesehen haben, in der außer Sexualakrobatik keinerlei Erotik mehr zu finden gewesen sei? Monierten sie nicht einen allgemeinen Mangel an Kreativität und Spielfreude? Verurteilten sie dafür nicht alle Männer in Bausch und Bogen? Lieferte mir ihre verächtliche Rede deshalb nicht Anlass genug, meine Fantasie zu bemühen? Deshalb habe ich eigens für sie dieses erotische Roulette kreiert."

Ja, so oder ähnlich hatte der Nachbar argumentiert, und wenn Corinna ehrlich war, dann musste sie einräumen, dass sie diese Situation selbst heraufbeschworen hatte. Natürlich konnte sie niemals annehmen, dass dieser Nachbar, mit dem sie zuvor so angelegentlich über den erotischen Niedergang der Phantasie parliert hatte, ein derartig absurdes Spiel ersinnen würde. Mit ihren vorlauten Äußerungen hatte sie ihn herausgefordert. Nun saß sie in ihrer eigenen Liebesfalle. Was sollte sie jetzt machen? Dem Nachbarn zerknirscht eingestehen, dass sie an der Lustskala nur gedreht, die Femme fatale vorgegaukelt hatte, jetzt aber zu feige war, um in den gemeinsamen Ring mit ihm zu steigen?

Natürlich konnte sie die Pralinen kurzerhand in den Müll werfen, danach behaupten, sie habe diese allesamt aufgegessen. Mit Leichtigkeit wäre sie in der Lage, die Wirkung des Giftes wie Atemnot, Magenkrämpfe, Ohnmachtsanfälle und Agonien so gekonnt zu simulieren, wie sie es früher oftmals beim Sex mit den Orgasmen gemacht hatte. Fragliche Praline verzehrt und knapp nur dem Tode entronnen! Würde der Nachbar ihr das glauben? Wohl kaum, wenn er die Wirkung des Giftes genau kannte. Corinnas Gedanken konzentrieren sich auf ein Hintertürchen, durch das sie schlüpfen konnte, ohne ihr Gesicht zu verlieren. Sie wechselt die Suchrichtung.

Waren diese verdammten Verführungspralinen denn wirklich vergiftet? Bluffte der Nachbar nur und lachte insgeheim über sie? Er würde doch niemals ihren Tod in Kauf nehmen können. Es wäre dann ja Mord! Zumindest Totschlag! Oder?

Doch alle Fragen bleiben rhetorisch, lassen keine verlässlichen Antworten zu. Es gibt nur eine einzige Möglichkeit, es zweifelsfrei herauszufinden. In ihr bäumt sich etwas auf. So wie Hamlets Vater, dem das tödliche Gift im Schlafe unbemerkt ins Ohr geträufelt ward, will sie keineswegs enden:

„Ich nehme die Herausforderung an, werde sie alle aufessen!"

Doch kaum ist der hehre Schwur getan, da reut es sie bereits. Die alte Angst ist wieder da. Eine kreatürliche Furcht, qualvoll zu sterben, überfällt sie. Noch hat sie das Gift nicht kennengelernt, hat keine der Pralinen mehr gekostet, da treten durch pure Einbildung die ersten Krämpfe auf, begleitet von Herzrasen und Visionen von Friedhöfen voll toter Mäuse.

Aber noch ist es nicht das Gift, welches der nette, neue Nachbar in eine der sieben Pralinen appliziert hat. Noch schlummert es, bis die richtige Praline ergriffen und verzehrt wird. Dann erst wird es seine Wirkung entfalten, doch weniger als rücksichtsvoller Liebhaber, sondern mit schmerzenden Tritten in den Unterleib. Während noch die Kehle brennt, erobert die giftige Leckerei bereits die gesamte Körperinnenwelt. Nicht mit zärtlichem Geflüster, sondern mit derben Zoten und roher Sprache. Statt der metaphysischen Sekunde dürfte es eine Stunde des Grauens werden, in welcher die Organe in sämtliche Einzelteile zerrissen werden: Eine Kommunion des Schmerzes. Wenn sich die Augen trüben und die Lippen welk sind vom ewigen Schreien, dann erst ist die Arbeit des Aflatoxins in der Praline getan und die Verpackung der Bonbonière kann weggeworfen werden. Corinnas Elend ist dennoch wahrhaft körperlich.

Stunden später. Ihr Handy läutet zum wiederholten Male. Der nette Nachbar erkundigt sich nach ihrem Befinden. Er kann förmlich die Mattigkeit spüren, die aus Corinnas Stimme dringt, heuchelt Mitgefühl.

„Haben sie die giftige Praline denn gefunden? Womöglich schon verzehrt? Nicht auszudenken, was dann bald mit ihnen passieren wird! Schnell, schnell! Trinken sie Milch! Milch, so viel sie können! Danach sofort wieder raus damit! Um Gotteswillen! Sie müssen das Zeug verdünnen, soweit es jetzt noch irgend geht! Aber es könnte bereits zu spät sein. Am besten, ich komme zu ihnen rüber und stehe ihnen bei!"

Oh, nein! Mit dem Verlangen nach aufdringlicher Sterbehilfe hat Corinnas Gefühlswelt jetzt garantiert nichts am Hut. Im Gegenteil! Wenn sie seiner hätte habhaft werden können, würde sie ihre Zähne tief in seine Kehle geschlagen haben, um ihn selbst auf die lange Reise ins Jenseits zu schicken. Was sie erfüllt und antreibt, ist nicht die überstandene Übelkeit, sondern der blanke Hass. Dieser feine Nachbar hätte einen eruptiven Ausbruch erlebt, bei dem ihm Hören und Sehen vergangen wären. Nur mit großer Mühe unterdrückt sie das Verlangen, unkontrolliert zu schreien und zu toben. Erst spät an diesem Abend beruhigt sich Corinna, wird wieder Herrin über ihre flatternden Nerven und schwört erneut:

„Ich werde sie essen! Aber nicht alleine!"

Dieses Versprechen freilich soll sich schneller erfüllen als gedacht. Zwei Tage lang hat Corinna die verlockenden Todespralinen keines Blickes, keines Gedankens gewürdigt. Auch hat der Nachbar nicht gedrängt, sodass so etwas wie eine trügerische Ruhe vor dem Sturm herrscht. Dann jedoch jagt er heran in Form eines Telefonanrufs, den Corinna am frühen Morgen erhält. Es ist ihre Putzhilfe, die sich über eine seit der Nacht nicht endenwollende Übelkeit beklagt. Ihr werde es ständig schwarz vor den Augen und daher könne sie nicht zum Saubermachen kommen. Ob sie denn etwas Unrechtes gegessen habe, wird sie von der besorgten Corinna gefragt. Eigentlich nichts Besonderes, lügt die Putzhilfe. Schon vor dem Abendbrot sei ihr plötzlich hundeelend gewesen, dass sie sich habe hinlegen müssen. Jedenfalls sei ihr zum Sterben zumute. In Corinna steigt ein furchtbarer Verdacht auf. Mit wenigen Schritten ist sie an der Bonbonière und zählt die verbliebenen Pralinen. Eine fehlt!

Nach Tagen quälenden Wartens taucht die Reinemachefrau wieder auf. Putzmunter und bester Dinge. Corinna ist derart erleichtert über deren Wohlergehen, dass sie ihr wegen des Pralinendiebstahls nicht die leisesten Vorhaltungen macht. Es stellt sich auch heraus, dass ein abgelaufenes Glas mit Bismarckheringen unter dem dringenden Verdacht steht, der Übeltäter gewesen zu sein; die vergiftete Praline jedenfalls war es nicht. Nach der ersten Erleichterung dann die Erkenntnis: Noch vier von ehemals sieben sind übrig. Vier weitere Proben, um auf selbstmörderische Weise herauszufinden, in welcher sich das Gift befindet. Der nette, fantasiebegabte Nachbar sitzt jetzt mit am Tisch, will aber nicht so recht. Corinna versucht, ihm mit schmeichelnder Diplomatie beizukommen.

„Herr Nachbar, ich muss neidvoll zugeben, dass sie sich da ein ganz raffiniertes Spielchen ausgedacht und sich damit selbst übertroffen haben. Alles ist so herrlich echt inszeniert. Kaltschnäuzig und zupackend, wie ich es bei Männern mag. Ich bin auch sofort darauf reingefallen, hatte richtiggehend Angst, dass das alles wahr sein könnte. Sie haben also gewonnen! Das war ihr Spiel! Gratuliere! Sie sind ein ganz liebevoller und amüsanter Mörder! Aber jetzt, denke ich, reicht es! Ich möchte die geschenkten Pralinen einfach nur genießen, ohne den Gedanken an irgendwelches nicht vorhandene Gift, das mir den Appetit verdirbt. Also raus mit der Sprache! Bekennen sie, dass alles ganz harmlos ist und sie mich für mein loses Mundwerk ein wenig haben leiden lassen wollen! "

Dem Nachbarn ist anzusehen, wie sehr er von Corinnas Ergebenheitsadresse entzückt ist. Genauso muss sich ein römischer Caesar gefühlt haben, wenn die in einen Teppich gewickelte Gegnerin nackt und lockend vor ihm lag. Maliziös lächelnd beugt er sich zu ihr hin:

„Wie gerne nähme ich ihre reizende Kapitulation entgegen, wie charmant wäre es, ihnen augenblicklich zu Willen sein zu dürfen. Allein, meine liebe Nachbarin, ich muss ihnen gestehen, dass dies kein Spiel mit gezinkten Karten darstellt. Das Gift ist injiziert und kann nicht mehr zurückgenommen werden."

„Dann sagen sie mir zumindest, in welcher der verbliebenen Pralinen es versteckt sein könnte. Bitte, bitte, tun sie es mir zuliebe!"

Scheinbar gehorsam nimmt der Nachbar die Schachtel zur Hand, blickt wie prüfend über die vier Köstlichkeiten und schüttelt den Kopf:

„Sie sehen zwar nicht alle gleich aus, weil sie eben handgemacht sind, aber sie ähneln einander doch zu sehr. Beim besten Willen kann ich mich nicht mit Sicherheit mehr erinnern, welche von ihnen mit dem kleinen Giftteufel schwanger geht. Dennoch glaube ich, dass es diese hier sein müsste."

Mit spitzen Fingern, als fürchtete er, das Gift an seine Hand zu bringen, wählt und separiert er eine Praline, indem er sie von den anderen wegschiebt. Das aber kann Corinna mitnichten akzeptieren; die Augen flackern unruhig, ihre Pupillen werden groß und rund, färben sich fast dunkel, als hätte man sie bereits mit besagtem Gift weit getropft:

„Das glaub ich jetzt nicht, Herr Nachbar! Haben sie da wirklich und wahrhaftig Gift hineingetan? Wenn ich diese nun aus Versehen …? Und was heißt hier ‚müsste‘? Ist sie das? Ist es da drin? Ja oder nein!"

Die Antwort des Nachbarn kommt zögerlich, als wähnte er sich ertappt, bleibt vage und ausweichend:

„Ich bin mir fast sicher, dass es diese ist, die ich präpariert habe. Ich meine, sie hier am leicht verzogenen Bogen der Verpackung zu erkennen."

Corinna starrt auf besagte Stelle, beäugt, vergleicht und argwöhnt:

„Auch die anderen drei haben diesen komischen Bogen. Woran genau wollen sie ihn denn unterschieden haben?"

Dann, als er nicht antwortet, wird sie resolut, wickelt die Praline aus deren Verpackung, hält sie ihm unter die Nase und befielt:

„Hier, essen sie!"

Und als wäre diese Aufforderung noch nicht dringlich genug, fügt sie mit samtweicher Stimme hinzu, seine früheren Worte lustvoll persiflierend:

„Wenn sie diese jetzt verkosten, dann machen sie mich damit zur glücklichsten Frau der Welt."

Der Nachbar nickt, beginnt, ohne zu zögern, seinen Freitod zu zelebrieren. Mit seinem Taschenmesser schneidet er die Praline in drei gleichgroße Teile, deutet darauf und spricht mit extra hohler Stimme:

„Erst esse ich dieses giftige Stückchen als bescheidenes Zeichen meiner Empfindungen für sie, dann dieses köstliche Bröckchen für ihre Zuneigung zu mir und sodann dies letzte Teilchen für unsere gemeinsame Liebe!"

Dann stopft er das Stück „Empfindungen" in den Mund, schließt die Augen und beginnt zu lutschen. Corinna betrachtet sein Tun mit der allergrößten Faszination. Als er nach der „Zuneigung" greift, beginnt sie zu weinen. Ihr Nachbar hält seine Augen geschlossen, lässt von Zeit zu Zeit ein leises Stöhnen vernehmen. Als die „gemeinsame Liebe" an der Reihe ist, ist es um Corinna geschehen. Wild pressen sich ihre Lippen auf seinen Mund. Scheinbar ermattet drängt er sie leicht zurück, aber Corinna hat das Stückchen bereits ergriffen, um es in ihren eigenen Mund zu stecken. Doch sie zögert, denn ihr untrüglicher, weiblicher Sicherheitssinn hat Alarm gemeldet.

Hatte der Nachbar sie austricksen wollen? Die präparierte Praline an der entscheidenden Grenze beschnitten? Vielleicht die drei Teile nur so melodramatisch benannt, um sie in Versuchung zu führen? Gewiss enthielt dieses letzte Stück die dreifache Konzentration des tödlichen Gifts, und sie wäre um ein Haar darauf reingefallen! Hatten seine Augen nicht allzu verräterisch geglänzt?

Jetzt wird Corinna rabiat, fackelt nicht lange, stürzt sich auf ihn und schiebt ihm das letzte Stück „gemeinsame Liebe" in den Mund. Erneut versiegelt sie seine Lippen mit einer Art Abschiedskuss. Der Nachbar keucht, kämpft unter ihr, bis ein Ruck durch seinen Körper geht. Dann lässt er die Arme kraftlos zur Seite fallen. Corinna reagiert panisch, lockert den Pressdruck ihrer Lippen, streichelt sein Gesicht mit den geschlossenen Augen und ergeht sich in Selbstanklage von Schuld und Sühne.

Wie nach einem langen, tiefen Schlaf schlägt der Nachbar theatralisch gekonnt die Augen auf, fixiert die schluchzende Corinna und verkündet:

„Wie mir scheinen will, habe ich großes Glück gehabt. Offenbar war das Gift nicht konzentriert genug dosiert. Sie haben sich also ganz umsonst geängstigt, meine Liebe. Wie sie sehen können, wäre auch ihnen nichts Leidvolles geschehen, wenn sie diese Praline an meiner Stelle genossen hätten. Nun, da ja alles ausgestanden ist, mache ich folgenden Vorschlag: Jeder von uns beiden isst eine der drei verbliebenen Pralinen und wir werfen die letzte, die vergiftete, ganz einfach weg."

Mit diesen Worten legt er ihr und sich jeweils eine Praline zurecht und fordert sie auf, diese zu verkosten. Das freilich stößt bei der erneut misstrauisch gewordenen Corinna auf totale Abwehr. Noch einmal möchte sie sich nicht jener psychopathologischen Prozedur aussetzen, doch dann überzieht ein Lächeln der Erleichterung ihr Gesicht und sie nimmt sich seine Praline und schiebt ihm ihre eigene hin.

„Okay, dann wollen wir uns mal so richtig gegenseitig vergiften!"

Doch jetzt scheint ihr Nachbar nicht mehr so recht zu wollen, lässt leichte Unruhe erkennen, schaut wie sehnsüchtig auf jene Praline, die ihm Corinna abgenommen hat. Sofort bestärkt sie sein Verhalten in ihrem Argwohn, dass er ihr die wirklich vergiftete Praline auf diese elegant-perfide Weise hat unterschieben wollen. Triumphierend kommandiert sie:

„Wohlan nun, gegessen!"

Der Nachbar scheint sich geschlagen zu geben:

„Das werde ich sofort tun, wenn sie im Gegenzug darauf verzichten, diese mir entwendete Praline ebenfalls zu essen."

Das sitzt! Corinnas Triumph verblasst augenblicklich. Es ist wie beim Hütchenspiel. Hat er mit der vertauschten Praline etwa schon wieder getrickst, Corinnas Tauschoperation vorhergesehen oder gar manipuliert? Mit dieser Ungewissheit kehrt auch die alte Angst zurück. Doch während sie noch krampfhaft überlegt, wie auf die neue Situation zu reagieren ist, schiebt er sich bereits die süße Köstlichkeit in den Mund. Dann verdreht er demonstrativ die Augen, aber nicht aus Vergiftungsschmerz, sondern weil diese handgemachten Bonbons wirklich hervorragend gelungen sind. Corinna betrachtet sein Tun mit großen, ungläubigen Kinderaugen, fühlt sich mehr als unwohl in ihrer Haut. Schon hat sie wieder den Schwarzen Peter! Daraufhin übermannt sie der blanke Zorn:

„Verlassen sie sofort meine Wohnung! Ich bin ihre albernen Spielchen leid! Packen sie ihre letzten beiden Pralinen, giftig oder ungiftig, ein und verschwinden sie auf Nimmerwiedersehen aus meinem Leben!"

Corinna meint es ernst, doch als er tatsächlich gegangen ist, reut es sie bereits. Dennoch lässt sie zwei lange Wochen verstreichen, ehe sie wieder auf Versöhnung aus ist. Erst eher angelegentlich öffnet sie ihre Wohnungstür, wenn im Treppenhaus männliche Schritte erklingen. Kein einziges Mal ist er es, und allmählich wird sie unruhig, böse Vorahnungen steigen in ihr auf. Als sie es nicht mehr aushält, geht sie rüber zu ihm und läutet. Mehrmals. Aber ohne Erfolg. Schließlich fasst sie sich ein Herz und öffnet mit dem Schlüssel, den er bei ihr für den Notfall deponiert hat und den sie ihm trotz allen Ärgers klugerweise noch nicht zurückgegeben hat, die Tür und betritt erstmals seine Wohnung.

So gut wie keine Möbel und ansonsten sehr sauber und ordentlich! Junggesellenbuden pflegen entweder schlampig oder penibel aufgeräumt zu sein. Corinna selbst hält es mit sich eher ein wenig dazwischen liegend. Von ihrem Nachbarn jedoch keine Spur, als sei er bereits wieder ausgezogen. Corinna steht unschlüssig. Auf der Küchentheke dann die Töpfe, Tiegel und Pfannen für die Produktion köstlicher Pralinen. Leere Bonbonièrenverpackungen stapeln sich in einer Ecke. Die Kühlschranktür schließt nicht richtig, ist nur angelehnt. Corinna blickt hinein.

Der Inhalt des geöffneten Kühlschranks zeigt symptomatisch ein Bildszenario des Gammelns: Ein Bismarckhering treibt in der trüben Brühe eines 850ml-Glases; an einem ehemals milchweißen Joghurtbecher haben Schimmelpilze eine in allen möglichen Schattierungen von Grau- und Blautönen haarig strukturierte Oberfläche entstehen lassen, wie geschaffen für die gezielte Vermehrung von Aflatoxinen. Eine vergessene Orange, einst prall gefüllt mit Lebenssaft, weist dort, wo sie mit der Glasscheibe der Ablage in Berührung kommt, eine klaffende Wunde auf, an der Dutzende von Fruchtfliegen emsig arbeiten. Über den Zustand der Fettkügelchen auf den beiden Mett- und Leberwürsten sollte man tunlichst keine starke Lupe bemühen. Insgesamt also beste Beispiele, die zeigen, wie aus sterblichen

Überresten rasch und konsequent neues, alternatives Leben sprießt.

Aus vorgenannten Gründen wäre es ebenfalls gescheiter, nicht näher auf die mangelnde Hygiene der männlichen Leiche auf dem Schlafzimmerboden einzugehen. Nur so viel: Auch hier haben bereits Kettenreaktionen eingesetzt, multiple Zellteilungen sowohl in den Nischen und Schründen der äußeren Hülle wie auch tief in den Binnenräumen des Leibes. Auf dem Nachttisch liegt die angebrochene Bonbonière mit einer der beiden übrig gebliebenen Pralinen, die Corinnas Nachbar im Anschluss an jenen verunglückten Spieleabend wieder mitgenommen hat.

Corinna wird nie erfahren, ob sie denn überhaupt Gift enthielten, denn selbst eine bloße Nachfrage im Labor würde sie nur verdächtig machen. Also beschließt sie, da eine richtige Frau keinerlei männliche Geheimnistuerei oder gar wirkliche Geheimnisse dulden kann, diese letzte Köstlichkeit mitzunehmen und, auf ihrem Sofa lagernd, nachdenklich zu vernaschen.

„Reliquien: Altreste mit VIP-Status"

DER RELIQIENMACHER

Draußen an der Haustür wird Sturm geläutet. Jemand scheint ihn, Hans-Jürgen Diemel, unbedingt sprechen zu müssen. Ja, mit roher Gewalt besuchen zu wollen, und es ist auch nicht irgendwer oder irgendjemand. Hans-Jürgen kennt diesen Menschen nur zu gut, der da vor seiner Tür steht und jetzt ärgerlich dagegen hämmert. Dann vernimmt er die Stimme:

„Machen sie endlich auf, Herr Diemel! Ich weiß genau, dass sie da drin sind, aber es wird ihnen nicht mehr viel nutzen, sich vor mir weiterhin zu verstecken. Hier in meiner Hand halte ich den Vollstreckungsbeschluss des Amtsgerichts auf Pfändung, und wenn sie nicht endlich vernünftig werden, komme ich mit der Polizei wieder und lasse die Tür aufbrechen! Also seien sie bitte kooperativ, Herr Diemel, sonst wird alles nur noch schlimmer für sie! Ich gebe ihnen noch einen Tag Bedenkzeit, dann ist meine Geduld zu Ende. Verlassen sie sich drauf!"

Kaum ist der Gerichtsvollzieher verschwunden, wird Hans-Jürgen aktiv, wohl wissend, dass dies eine allerletzte Galgenfrist für ihn bedeutet, Geld aufzutreiben, um seine Schulden ausgleichen zu können. Dafür müsste er aber erst einmal Arbeit haben, und das ist für ihn als Restaurator gar nicht so einfach. Aber eigentlich hat er es satt, von der

Hand in den Mund zu leben, kurzfristig und zeitlich begrenzt, Aufträge durchführen zu müssen, zu reparieren, was der Zahn der Zeit an alten Originalen angerichtet hat. Hans-Jürgen Diemel will mehr, fühlt sich zu Höherem berufen.

Also rafft er in der Eile zusammen, was er finden kann oder was noch übriggeblieben ist von all den Sachen, die er bereits ins Pfandhaus getragen hat, bevor der Gerichtsvollzieher seine Drohung wahr macht und ihm noch den kümmerlichen Rest nimmt. Binnen einer Stunde ist er fertig, schlägt die Tür hinter sich zu und steckt von außen den Schlüssel ins Schloss, damit es der Gerichtsvollzieher leichter hat, in die leere Wohnung hineinzukommen. Er will nicht, dass sein Vermieter, dem er ohnehin die Miete für die letzten acht, neun Monate schuldet, noch hohe Reparaturkosten zusätzlich zu tragen hat. Schließlich ist er kein Mietnomade, sondern Künstler, dem nur bisher das Glück zu seinem Glück gefehlt hat. Doch ahnungsvoll, was da auf ihn zukommen könnte, hat er noch rechtzeitig vorgesorgt.

Inmitten eines steinigen Weinbergs, der nicht nur ziemlich abseits liegt, sondern auch kaum nennenswerte Qualitäten erbringt, ist Hans-Jürgen fündig geworden. Es handelt sich um ein kleines Weingut, welches der frühere Besitzer aus Altersgründen und mangels hinreichender Rentabilität hat aufgeben müssen. Für wenig Geld hat er es auf einer landwirtschaftlichen Auktion erstehen können, weil außer ihm niemand auf das ohnehin niedrige Anfangsgebot aufgelegt hat.

Gerade die Kellergewölbe haben es Hans-Jürgen angetan. Unterirdische, an den Wänden mit Schimmelteppichen überzogene Räumlichkeiten, die zum Teil in die Faulschieferfelsen hinein gesprengt worden sind und in denen der einstige Hausherr seine minderwertigen Weine lagerte. . Aufgrund der unzureichenden Belüftung hat sich überall Salpeter breitgemacht, als wollte er den düsteren Gewölben seine eigene Leichenfarbe aufzwingen. Hans-Jürgen stört das nicht im Geringsten. Im Gegenteil. Dieser Platz hier ist verschwiegen genug, um ihn vor weiteren Verfolgungen seiner Gläubiger zu schützen und außerdem ideal für zukünftige Zwecke. Ihm reicht der weite Zentralkeller mit seinen zwei angrenzenden verliesähnlichen Ausbuchtungen, die er mit starken Eisengittern gleich nach dem Erwerb des Gutes vom Rest des Kellers abgetrennt hat. Alsbald sollen sie ihm für ein besonderes Vorhaben dienlich sein. Doch noch ist es nicht so weit. Hurtig macht er sich daran, seine Werkstatt einzurichten. Fortan nennt er sich Meister Fabricius, spezialisiert auf Fälschungen jedweder Art.

Was vor allem benötigt wird, das sind Säuren, Laugen und besondere Pflanzen- und Tiergifte, mit deren Hilfe er Metalle so bearbeiten kann, dass diese ungleich schneller altern als sie dies natürlicherweise tun würden. Ihr chemischer Oxydationsprozess wird derart manipuliert und angekurbelt, dass aus wertlosen Schrottresten quasi über Nacht grünspandurchzogene Kämme werden, mit denen die edlen Pferde der ägyptischen Pharaonen einst gestriegelt wurden. „Aus neu mach alt und verdiene dran!" lautet künftig die Maxime des Meisters Fabricius. Helme und Schwerter aus der Römerzeit, Grabbeigaben für edle Etrusker, güldener Zierrat von Fürstinnen und Hetären aus allen Kulturen und Epochen. Erforderlich dafür ein grobes Vorbereiten mit der Flex, wenige wohlgezielte Hammerschläge, Biegen, Beugen oder Spachteln, ein Nachpolieren mit Quarzsand und Pinseln aus Marderhaar, dann ab ins Säurebad und, mit etwas Glück, fertig ist das Sammlerstück! Auf speziellen Auktionen lassen sich diese Fälschungen sehr gut verkaufen, obwohl die Kunden zumeist wissen, dass es sich um solche handelt. Aber derlei Überbleibsel aus untergegangenen Zeiten machen sich eben höchst dekorativ auf den wuchtigen Kaminsimsen in stilvollen Jagdzimmern. Gerade die jungen, unausgelasteten Gattinnen in ihren Rüschensalons lieben es, maskuline Wikingerkreuze über den hochgepushten Brüsten zu tragen. Auch produziert der geschickte Meister Fabricius allerlei antikes Sexspielzeug und fein ziselierte Schlösschen für enganliegende Keuschheitsgürtel. Dazu jeweils zwei Schlüssel: Einen zu klobigen für den Herrn und einen vorzüglich passenden für den Hausfreund. Vergiftete Haarnadeln und Spindeln für die umsichtige Ehefrau finden stets reißenden Absatz. Selbst wenn man momentan keinen konkreten Gebrauch davon machen muss, so könnte man es doch, wenn es vonnöten wäre. Der bloße Anblick pflegt schon ein herrlich gruseliges Kribbeln bei den Gästen speziell nach einem feinen Dinner zu verursachen. Manch eine der geladenen Damen mag es ein wenig wehmütig ums Mieder werden bei dem Gedanken, wie einfach es in früheren Zeiten gewesen sein musste, eine freche Buhlin lautlos aus der Welt zu schaffen. Da die forensische Medizin damals noch so gut wie nicht existierte, brauchte man auch keinerlei Strafen wie Hängen, Verbrennen oder Vierteilen zu fürchten, wahrten die heimlichen Gifte doch Stillschweigen über die Namen der Täterinnen.

Nun, Meister Fabricius tötet zwar nicht, hat aber große Freude daran, die vor ihm auf dem Arbeitstisch ausgebreiteten Stücke mit entsprechenden Säften so zu bearbeiten, dass diese sich wie unter heftigsten Strangulationsqualen in neue Formen krümmen müssen, hernach in ihren inneren Strukturen aufreißen und tiefe Krater bilden oder an den Oberflächen bizarre Krakelüren, durch die ätzenden Tinkturen verursacht, hervorbringen.

Doch das alles, wenngleich es sich blendend verkaufen lässt, befriedigt den ehrgeizigen Meister Fabricius auf Dauer nicht so recht. Geld sei nun mal ein flüchtiges Element und gehe niemals eine dauerhafte Beziehung mit seinem Besitzer ein. Nach dem Tode gewähre es ihm weder Ehre noch Ruhm, allenfalls eine vage Erinnerung an diesen. Da Fabricius keine Erben hat, worüber er von Herzen froh ist, muss er jetzt an seinem Denkmal hämmern und meißeln, bevor es zu spät dafür ist. Deshalb beschließt er, seiner Alchimie zwar treu zu bleiben, aber in eine andere Liga zu wechseln, in der nicht bloß kopiert, sondern Spektakuläres geschaffen wird, welches die Zeiten überdauert. Bedauerlicherweise darf man diesem Werk nicht seinen wirklichen Namen geben, aber das Artefakt trägt die geheime Handschrift des genialischen Meisters und wird von Kennern entsprechend gewürdigt. Bereits im Voraus weiß man, dass diesem Werk gerade von späteren Kopisten tiefe Verehrung zuteilwerden wird. Eine Köstlichkeit an Reinheit und Harmonie. Doch Fabricius will mehr, ihn verlangt es, zum größten Fälscher der Weltgeschichte aufzusteigen. Ein Werk der Göttlichkeit muss her. Vielleicht ließen sich damit sogar Wunder vollbringen, Kranke heilen, Tote auferstehen lassen? Meister Fabricius entscheidet sich, künftig religiöse Reliquien herzustellen.

Nach angestrengtem Nachdenken und intensiven Vorstudien, welche der Reliquien entsprechende Kunstfertigkeit voraussetzen würde, kommt er zu einem Entschluss. Er wird für die Kirche eine Gürtelschnalle der Sünderin Maria Magdalena schaffen. Jene, die sie angeblich trug, als sie Jesus' Kopf in ihren Schoß bettete, nachdem man ihn vom Kreuz genommen hatte. Niemand würde diese Arbeit als Fälschung erkennen können, denn Fabricius muss der Beste sein, hat sich die diffizilsten Ziele gesetzt, ist Perfektionist: Ein von der eigenen Leistungsnorm zur Fehlerlosigkeit Getriebener.

Als Hauptproblem erweist sich gleich zu Beginn das ihm entgegen gebrachte Misstrauen. Nur ungern öffnen sich die religiösen Machtzentren dem Anklopfen der säkularen Welt. Da bleiben die Exzellenzen, Eminenzen und Magnifizienzen lieber unter sich. Doch so festgefügt deren Abwehrfront auch erscheinen mag, die Gier nach dem Erlesenen, Einmaligen, Unverwechselbaren macht sie anfällig für Versuchungen. Am Glitzern in den Augen kann Meister Fabricius erkennen, wie sehr sie das Verlangen, eine kostbare Reliquie in ihren Besitz zu bringen, antreibt. Darin verstehen die frommen Kirchenmänner wenig Spaß, und aus einstiger Brüderlichkeit erwachsen sodann Intrige, Ranküne und kalter Hass. Gleichwohl gestalten sich die Verhandlungen nicht selten genug als schwierig und langwierig, weil um jeden Cent des Kaufpreises gefeilscht wird. Fabricius, dem es primär weniger um die Erfüllung seiner Geldforderung geht, lässt sich davon nicht abschrecken:

„Sehen sie hier, Exzellenz!"

Mit dem kleinen Finger seiner rechten Hand weist Fabricius auf eine kaum sichtbare Strichführung im stark angegriffenen Material der Gürtelschnalle hin.

„Schauen sie sich dieses feine Monogramm an! Sehr schwer zu erkennen für das unbewaffnete Auge, und doch so filigran! Alt, uralt! Zweitausend Jahre bewegende Weltgeschichte darin eingefangen! Eine der Frauen aus Jesus' nächstem Umfeld soll sie mit einem Gürtel getragen haben. MM! Könnte also durchaus Maria Magdalena gewesen sein, als sie mit Jesus umherzog. Diese Art Rost hier entsteht keineswegs durch bloße Luftfeuchtigkeit. Nein, darin sind Salzmoleküle nachweisbar, wie sie ausschließlich in menschlicher Tränenflüssigkeit vorkommen. Rührt möglicherweise daher, dass sie ihn lange beweint hat."

Ergänzend fügt er hinzu:

„Nehmen sie und prüfen sie! Dieses Zeichen - ein stilisierter Kelch - muss jemand unter dem Monogramm für seine treueste Dienerin und Geliebte eingraviert haben. Als Zeichen des ewigen Bundes mit ihr, den er auch mit seinen Jüngern und den Aposteln geschlossen hat? Exzellenz, lassen sie alles in Ruhe prüfen, denn nichts ist anfälliger für Fälschungen als eine solch überaus rare Reliquie! Zu viel Gesindel treibt sein Unwesen auf diesem, nur schwer zu kontrollierenden Markt!"

Nach wenigen Wochen wird die Gürtelschnalle der Maria Magdalena, mit einem höflich-kühlen Ablehnungsschreiben des bischöflichen Ordinariats versehen, zurückgesandt. Besagte Reliquie, so heißt es dort lapidar, habe es nicht vermocht, Wunder zu wirken. Da solche aber nun mal der Beweis der Echtheit seien, müsse man, da ja künftig auch keine Einnahmen aus Pilgerfahrten und Ablasshandel zu erwarten seien, auf den Ankauf verzichten.

Fabricius ist mehr als enttäuscht. Doch alles Hadern mit sich, der Welt und der Kirche, hilft nichts, erneut müssen die alten Schriften studiert und ihr geheimer Gehalt herausdestilliert werden. Er gönnt sich keine Pause; Nächte und Tage wechseln sich ab, ohne dass der wie besessen Arbeitende davon Kenntnis nimmt. Schließlich jedoch ist er mit seiner Arbeit fertig. Der gewaltige Foliant soll ihm esoterische Richtschnur und technische Anweisung gleichermaßen sein.

Bis zu diesem Zeitpunkt ist besagte Gürtelschnalle sein Meisterwerk. Doch jetzt greift er nach den Sternen, lässt jedes kritische Maß zu sich und seinem Vorhaben vergessen. Ihm schwebt eine ganz besondere Kostbarkeit vor, eine, nach der seit Jahrhunderten gesucht und geforscht wird und um die sich mächtige Legenden ranken. Einst gelobten die tapferen Ritter der Tafelrunde, ihn zu finden und ihm ihr Leben zu weihen. Und die Sänger des Mittelalters priesen seine unwirkliche, überirdische Schönheit. Keiner von all jenen hat ihn bislang jedoch zu Gesicht bekommen, denn er gilt als verschollen. Wer ihn findet, dem winken höchste Ehren und ewiger Ruhm, handelt es sich doch um ein materielles Zeugnis der Existenz Gottes auf Erden: Der wundersame Heilige Gral! Diesen einmaligen Kelch, aus dem Jesus mit seinen Jüngern beim letzten Abendmahle getrunken haben soll, so beschließt Meister Fabricius, gilt es, erst zu erschaffen und dann zu „finden". Mit diesem Werk beabsichtigt er, seinen eigenen Olymp der Eitelkeit zu besteigen!

Eine Herausforderung, die Ihresgleichen sucht! Im Schriftgut gehen die Meinungen über das Aussehen dieses Kelches weit auseinander. Besitzt er Schalenform? Strebt er auf langem Stiel zum Himmel hinan? Ist er überreich verziert oder von schnörkelloser Schlichtheit? Aus welchem Material ist er gefertigt? Gold, Silber, Kupfer, Bronze? Etwa Eisen? Vielleicht Marmor oder Alabaster? Geblasenes oder geschliffenes Glas? Wie groß ist er? Wie schwer wiegt er? Welches Fassungsvermögen besitzt er? Fabricius entscheidet sich für einen gigantischen Gral aus rotem Gold, der Farbe des Blutes.

Grundsätzliche Fragen im Vorfeld sind das und deshalb von enormer Wichtigkeit. Doch das Herstellungsverfahren selbst dürfte alles in den Schatten stellen, was Fabricius vorher geleistet hat. Erneut vergräbt er sich ganze Tage in seiner esoterischen Bibliothek; liest, forscht, exzerpiert und konzipiert. Danach ist die Vorgehensweise klar, die Marschrichtung definiert. Jetzt gilt es, die Materialien zu „besorgen". An das Gold kommt er, weil er die Räumlichkeiten, vor allem aber die Sicherungssysteme der großen Metallschmelzanlage seiner ehemaligen Auftraggeber kennt. Sechs Kilo des reinen Edelmetalls dürften für seine Zwecke genügen. Wenn die Legierung gelänge, würde der Gral durch das Zusatzmaterial samt Wein oder Blut des Herrn so gewaltig schwer, dass er auch einem starken Mann einiges abverlangen würde.

Gemäß der Vorgaben seiner esoterischen Schriften muss sich der Meister entsprechend der sechs Kilo Gold zudem auch noch sechs Jungfrauen „beschaffen", um seine einzigartige Reliquie wirklich authentisch und unbefleckt herstellen zu können. Zu jener infrage kommenden Zeit hielten die Römer riesige Gebiete und Ländereien besetzt, deren Völker brutal unterjocht wurden. Wer sich widersetzte, hatte mit drakonischen Strafen zu rechnen. Vor allem dann, wenn ein sogenannter König der Juden den römischen Kaiser bereits durch seine pure Anwesenheit schmähte. Auf Geheiß des Pilatus wurde dieser anmaßende Jesus von Nazareth konsequenterweise gekreuzigt. Ordnung hatte im Imperium zu herrschen. Sitte und Moral, zumindest für das gemeine Volk, galten als hehre Tugenden. Durch ein immerwährendes Feuer sollte dies auf ewig bekundet werden. Sechs Jungfrauen oblag dieser heilige Dienst am Feuer der Göttin Vesta. Kein normaler Sterblicher durfte sie darin weder behindern noch verführen. Allerstrengste Strafen harrten dann der gefallenen Jungfrau. Umgekehrt genossen sie hohes gesellschaftliches Ansehen und führten ein standesgemäßes Leben.

Genau solche Jungfrauen, Hüterinnen des reinen Feuers, durch welches das Gold des Grals geläutert werden soll, sucht jetzt der Meister Fabricius. Natürlich werden diese Frauen nicht wie im antiken Rom freiwillig zu ihm kommen. Er wird sie finden und fangen müssen, um sie hernach in seinen Gewölben zur prozessualen Verfügung zu haben. Entschlossen macht er sich auf die Jagd.

Zwei dieser „Vestalinnen", wie er sie nennt, bringt er überraschend schnell in seine Gewalt. Sie kamen als Touristinnen nach Rüdesheim am Rhein. Dort hat er die arglosen Mädchen angesprochen, sie als falscher Führer in die Weinberge gelockt und dort in sein unterirdisches Verlies verbracht. Die beiden jungen Frauen sind völlig verstört, halten ihn für einen gefährlichen Verrückten, als er ihnen eröffnet, was er von ihnen erwartet. Ein ums andere Mal verlangt er von ihnen die Bestätigung, dass sie auch wirklich noch Jungfrauen seien. Trotz ihrer verzweifelten Beteuerungen bleibt er dennoch extrem misstrauisch:

„Ich brauche euch, denn ihr müsst das Feuer hüten und bewahren, in welchem ich das Gold zur Schöpfung des Heiligen Grals zur Schmelze bringen werde. Ausschließlich die Jungrauen der Göttin Vesta sind dazu berufen. Aber ich traue euch nicht so recht über den Weg, was eure Unschuld betrifft. Erst wenn ich die anderen vier Vestalinnen in meine Gewalt gebracht habe, werde ich Gewissheit darüber bekommen. Dann nämlich, wenn ich mein gewaltiges Werk vollendet habe und es seine wundersamen Kräfte entfaltet. Das geht nur, wenn ihr alle unberührt geblieben seid. Wenn auch nur eine Einzige von euch je unkeusch gewesen sein sollte, dann wird sie von mir lebendig eingemauert werden."

Nach und nach werden drei weitere junge Frauen überfallen und verschleppt. Nur mit dem sechsten Opfer will es einfach nicht klappen. Tagelang lauert Fabricius hinter parkenden Autos oder in zugigen Toreinfahrten, durchstreift erfolglos die Gassen und Plätze der Städte und Ortschaften. Nichts tut sich; es ist zum Verzweifeln. Auf Schulhöfen oder im Internet könnte er leichter fündig werden, aber seine Frauen müssen erwachsen sein und dennoch rein. Minderjährige Jungfrauen zählen da nicht. Resigniert will er schon die Suche aufgeben, versuchen, es mit nur fünf Vestalinnen zu schaffen, da winkt ihm das Glück. Eine Nonne durchwandert die Weinberge, nähert sich und kommt direkt auf sein Gehöft zu, als wüsste sie genau, welch geheime Kraft sie dorthin treibt. Der Kampf ist kurz und heftig, dann wird die Nonne ebenfalls ins Verlies geschleift. Hinter ihren Gittern und mit gefesselten Händen bangen die nunmehr sechs Frauen ihrem weiteren Schicksal entgegen.

Fabricius hat den Folianten auf einem stabilen Gestell so drapiert, dass er bequem die Seiten umschlagen und darin lesen kann, ohne das schwere Ding anheben zu müssen. Er hat einen Umhang angelegt, der über und über mit Zauberzeichen besetzt ist. Murmelnd rezitiert er selbstvergessen aus dem Buch, während die Nonne, offensichtlich jetzt Sprecherin der Gruppe, höhnt:

„Oh Zauberei, oh Zauberei, er zaubert sich ein Zauber-Ei!"

Die anderen jungen Frauen kichern verhalten, zu stark ist die Angst vor dem Kommenden. Doch die Nonne ist eine gute Psychologin, will Stress abbauen und ihnen Mut machen:

„Oh Zauber-Ei, oh Zauber-Ei, komm schnell aus seinem A ... herbei!"

Jetzt gibt es kein Halten mehr, sie kreischen vor Vergnügen, vergessen zumindest für den Augenblick ihre gemeinsame Notlage. Ungeniert ob der tadelnden Blicke des in seiner Andacht gestörten Fabricius, dichtet sie weiter:

„Ist dann der A ... erst wieder frei, ist noch mehr Platz für Zauberei!"

Drohend schlägt Fabricius den Folianten zu, will losschimpfen und muss realisieren, dass er die Textstelle verloren hat, an der er arbeitete. Sie wiederzufinden, kostet erneut viel Zeit. Doch dann beginnen die Vorbereitungen.

Für die innige chemische Verbindung des Goldes mit dem Kupfer benötigt der Meister noch nicht die Hilfe seiner Vestalinnen. Aus der Schmelze fängt er das flüssige Metall in einem bereits vormodellierten Tonkörper auf, den er vorsichtshalber in den Boden gebettet hat, um zu verhindern, dass dieser durch die enorme Hitze auseinander platzt. Nach dem vorläufigen Abkühlen landet der Rohling in einem leichten Säurebad, um dem Kelch die erste Patina zu geben. Dort ruht er für eine Reihe von Tagen, wobei der Säuregrad sukzessive gesteigert wird. Inzwischen ist das Gemisch so hochgradig angereichert und giftig, dass seine Dämpfe die Nasenschleimhäute der wartenden Vestalinnen empfindlich reizen. Das wiederum empört die Nonne:

„Hast du vor, uns mit deinen Dämpfen umzubringen? Denkst du, wir könnten unter diesen Bedingungen arbeiten? Schalte sofort diesen Teufelskessel ab, das ist ja nicht zum Aushalten!"

Als sich Fabricius nicht rührt, dichtet sie erneut:

„Gift und Schwefel, welch ein Frevel!

Willst ein großer Meister sein,

dann lass jetzt reine Luft herein!"

Doch diesmal lässt sich Fabricius nicht provozieren, ist auch zu beschäftigt, den Patinierungsprozess sorgfältig zu überwachen, um nicht den richtigen Zeitpunkt zu verpassen, die verbliebene Säure abzulassen. Dann der Weckruf an die Frauen:

„Vestalinnen, erhebet euch! Jetzt schlägt eure Stunde!"

In dieser zweiten Phase des Gießens geht es Fabricius darum, durch den reinen Atem seiner Vestalinnen die Jungfräulichkeit des zukünftigen Kelches zu gewährleisten. Zwei von ihnen erhalten die Anweisung, das heilige Feuer zu entzünden. Nachdem es mit roter Flamme lodert, werden zwei weitere der Vestalinnen in ihren Ketten zur Feuerstelle beordert. Dort müssen sie sich hinknien und in die Flammen blasen. Sowie diese beiden vor lauter Atemnot und

Erschöpfung ohnmächtig zu Boden sinken, müssen sofort die beiden hinter ihnen kauernden sich nach vorne werfen und den Dienst am Feuer übernehmen. Wenn auch sie fallen, ist das dritte Pärchen an der Reihe. Das geht so lange, bis das Feuer einen derartigen Hitzegrad erreicht hat, dass es eine blendend weiße Farbe annimmt.

So nahe kommen die Frauen den Flammen, dass ihre Gesichter bald rußgeschwärzt sind. Wimpern und Augenbrauen hat die höllische Hitze bereits weggesengt, ihre Münder sind ausgetrocknet und die Zungen pelzig und belegt. Immer schneller schlägt der Takt, zunehmend kürzer werden die Intervalle, in denen die Frauen Luft holen und ausatmen können, während die Ohnmachtsschübe rascher und rascher auftreten. Dann endlich löst sich der erste Tropfen Gold, fällt in die Form, rinnt an den Wänden hinunter und erkaltet. Unter Aufbietung auch noch der allerletzten Luftreserven wird so Tropfen um Tropfen gewonnen. Die innere Vergoldung des Santa Cáliz scheint abgeschlossen. Atemlos und völlig ausgedörrt von der Hitze, trotten die sechs Frauen in ihr Verlies zurück.

Noch freilich ist ihre Arbeit nicht beendet. Damit der Abkühlungsprozess nicht zu rasch verläuft, insbesondere um Haarrisse zu vermeiden und eine gleichmäßige Konsistenz der Beschichtung zu gewährleisten, müssen die Vestalinnen während der nächsten Tage immer wieder heran, um mit ihrem Atem für ausreichende Nachwärme zu sorgen.

Fabricius, gemäß der Anleitungen seines Folianten, hat sich währenddessen zurückgezogen, um den „Läuterungsprozess" nicht mit seiner männlichen Anwesenheit zu beeinflussen. Danach ist er jedoch wieder im Raum und inspiziert das Geschaffene, in seinen Händen bereits die Werkzeuge haltend, die er benötigt, um mit den Außenarbeiten beginnen zu können. Als er in das Innere des Kelches blickt, glaubt er, seinen Augen nicht trauen zu können. Durchgängig haben sich an den Kelchwänden winzige Bläschen gebildet, welche es erscheinen lassen, als hätte ein zu kalter Lufthauch den Goldbelag an der Oberfläche zum Frösteln gebracht. Das Blut schießt Fabricius ins Gesicht, sein Puls pocht in unsteten Rhythmen, sein gesamter Zustand wird besorgniserregend instabil. Wild gestikulierend wendet er sich an die Nonne, deutet mit dem Zeigefinger auf sie:

„Du bist es! Du hast es getan! Du willst mich als Künstler bloßstellen! Du hast bei der Herstellung des Kelches etwas daran manipuliert, um mein großes Werk zu sabotieren! Damit hast du dich an uns versündigt! Kein lebender Mensch wird künftig mehr an den Heiligen Gral glauben, wenn er das hier zu sehen bekommt! Dein Ziel ist es, mich als plumpen Fälscher dastehen zu lassen! Das verzeihe ich dir niemals! Alle Mühen waren umsonst, alle Anstrengungen und Entbehrungen vergebens! Nur weil du unkeusch in deinem Tun warst."

Hierin irrt Fabricius. Doch die Nonne stellt zunächst nicht klar, warum es zu diesem negativen Ergebnis kommen musste, gibt stattdessen vor, sie habe es tatsächlich verursacht:

„Keinesfalls konnte ich zulassen, dass du in derartig abscheulicher Weise frevelst. Ich wusste um deine verbrecherischen Absichten. Dazu bin ich eigens gekommen, habe mich von dir fangen lassen, um dich zu stoppen. Natürlich bin ich keine echte Nonne, aber mit meinem Rosenkranz, den ich über dem Kelch habe kreisen lassen, zerstörte ich dein blasphemisches Ansinnen. Wenn ich könnte, …"

Fabricus schäumt, schneidet ihr mit einer herrischen Geste die Rede ab, scheint jegliches Gefühl für Zeit und Raum verloren zu haben, und schreit:

„Dein Name soll fortan Minunciah sein, jene erste der Vestalinnen, die sich in ihrem hohen Dienste zur Bewahrung des Feuers mit dem Teufel eingelassen hat. Ich, der Meister Fabricius, verkünde dir hiermit, stellvertretend für den Pontifex maximus, dein Todesurteil. In einem langsamen Dahinsiechen wirst du die Qualen deines Loses in all seinen Schrecklichkeiten erleiden. Bei lebendigem Leib werde ich dich einmauern, denn so steht es geschrieben, wenn eine Vestalin fällt! Erst wird die Lampe erlöschen, wenn der Vorrat an Öl aufgebraucht ist. Danach werden auch der Krug mit dem Wasser ausgetrunken und das Brot aufgegessen sein. Du, Minunciah, wirst anschließend vertrocknen, denn dein sündiges Blut darf nicht vergossen werden."

Er schlägt eine neue Seite in seinem Folianten auf, liest, murmelt seltsam kryptische Formeln in einer unbekannten Sprache. Die verurteilte, falsche Nonne beobachtet ihn aufmerksam:

„Was liest du da? Ich verstehe dich nicht. Übersetze es mir!"

Sein Lachen klingt wie die Rückkehr aus einer fernen Zeit.

„Ich hätte dir die Urteilsbegründung auch ohne deine Aufforderung zur Kenntnis gebracht, Minunciah, denn du musst wissen, in welcher Weise du gefehlt hast."

Er übersetzt:

„Du hast mein Hohes Haus besudelt! Drum büße jetzt für diese Tat!

Du hast in deinem Tun gefrevelt! Drum züchtigt man dir deinen Leib!

Du hast gebuhlt mit einem Teufel! Drum weigert man dir klugen Rat!

Du willst nur ihm gefügig sein! Drum straft man dich, du Hurenweib!"

Die Nonne zeigt sich unbeeindruckt:

„Was redest du da für wirres Zeug? Hast du die Absicht, mich wirklich zu töten? Erst aus einem alten Buch, das vor Jahrhunderten geschrieben worden ist, vorlesen, was ich angeblich verbrochen haben soll, und dann ermorden? Woher stammt dieses Blendwerk der Vergangenheit?"

Als er ihr eröffnet, auch diesen Folianten gefälscht zu haben, ist sie außer sich:

„Du zitierst Vorschriften, die du selbst geschrieben hast? Du redest von Anweisungen zur Folter und zur Tötung, die du selbst verfasst hast? Du fällst ein Urteil über ein Vergehen, das du selbst definiert und unter Strafe gestellt hast? Du musst verrückt sein! Du bist ein Psychopath! Mann, du brauchst dringend professionelle Hilfe!"

Dann besinnt sie sich eine Weile, fordert ihn auf:

„Wirst du, wenn ich dir die Wahrheit sage, die anderen Frauen hier freilassen?"

„Ich will nicht deine sündigen Lügen, ich verlange nach reiner Wahrheit!"

„Gerade diese will ich dir verkünden, um dir die Augen zu öffnen, dass du aufhörst, in Parallelwelten zu leben. Lass sie frei und höre zu!"

Er nagt an seinen Fingernägeln. Ihr läuft die Zeit davon; sie weiß, dass die Sache bedenklich zu werden droht.

„Gut, also erst einmal zu meiner Person. Ich bin deine neue Gerichtsvollzieherin, Hans-Jürgen Diemel! Ja, natürlich bin ich hinter dir her, denn du bist ein Betrüger, Zechpreller und Dieb. Dir gehört das Handwerk gelegt. Für solche Leute wie dich gibt es Rechtsgrundsätze, die zeigen sollen, was es heißt, gegen das Gesetz zu verstoßen. Gegen echte Gesetze, versteht sich, und keine gefälschten!"

Noch sitzt Fabricius am längeren Hebel, triumphiert:

Siehst du, Minunciah, das genau ist es, was uns beide voneinander unterscheidet. Alles, woran du glaubst, ist bloßer Schein. Scheinheiliger Schein! Alles ist scheinbar bei deinen Gesetzen richtig, ebenso wie es bei meinen scheinbar falsch ist. Diese von dir benannten Gesetzeshüter haben sich ihre Paragraphen doch auch selbst ausgedacht, Urteile gefällt und Strafen ausgesprochen. Selbstherrlich haben sie festgelegt, was Recht ist und was Unrecht sein soll, sodann entsprechende Gesetze verfasst, nach denen sie uns sogenannte Betrüger, Zechpreller und Diebe richten! Angeblich zu Recht! Wer aber hat sie damit beauftragt? Gott? Nein! Sie haben sich selbst damit beauftragt! Wen oder was wollen sie schützen? Woher nehmen sie ihre Legitimation? Sie legitimieren sich aus sich selbst! Wie Gott! Damit aber sündigen sie! Genau wie ich! Sie sind also ebenfalls Fälscher! Wie ich! Scheinbar wollen sie nur das Gute. Das dient ihnen dann als Rechtfertigung, um ungeniert fälschen zu können. Nicht wie ich, Minunciah! Denn ich fälsche, weil ich etwas schaffen will, doch sie fälschen, weil sie vernichten wollen!"

Die Gerichtsvollzieherin greift sich an die Stirn, lacht schallend:

„Du musst komplett irre sein! Was du da von dir gibst, das ist reine Sophisterei! Aber lassen wir das. Was ich noch zu deiner Information zu ergänzen hätte, ist, dass ich natürlich keineswegs mit meinem Rosenkranz deinen Gral zerstört habe. Nein! Das wäre ja noch schöner! Du selbst hast einen verhängnisvollen Fehler begangen, denn das Säurebad durfte nicht kochen, sondern lediglich sieden. Damit hast du das Material überhitzt und porös werden lassen. Deshalb die spätere Blasenbildung. So viel zu deiner Aufklärung als professioneller Fälscher! Was hast du jetzt eigentlich mit uns vor?"

Statt einer Antwort beginnt er, Backsteine herbeizuschleppen, schichtet sie vor dem einen Teil des Kellergewölbes auf. Dann rührt er Mörtel an und beginnt zu mauern. Als er die sechste Steinreihe gelegt hat, holt er eine Öllampe, einen Krug mit Wasser und einen Laib Brot herbei. Der Gerichtsvollzieherin schwant nichts Gutes.

„Was treibst du da? Willst du deine obskure Drohung wahr machen und mich da reinstecken und zumauern? Hör damit auf, das führt zu nichts! Komm zurück in die Wirklichkeit, bevor es zu spät ist! Bitte!"

Doch wieder antwortet er nicht, bringt Lampe, Wasserkrug und Brot auf die andere Seite. Ebenso verfährt er mit den Backsteinen und dem Mörtel. Von innen arbeitend, wächst die Mauer zusehends.

Bevor der letzte Stein gelegt wird, sehen die sechs Frauen, wie in der Kammer die Öllampe entzündet wird. Danach verschließt der Abschlussstein die Lücke und sperrt weitere Blicke aus.

„Rache -Trauerarbeit ohne Mitleid"

ÜBER DEN TOD HINAUS

Sie loggt sich bei Facebook ein. Zwar handelt es sich nicht um ihre eigene Internet-Seite, sondern um die ihrer Tochter Tara, aber das ist nicht etwa ein Vertrauensbruch, ein Schnüffeln auf fremden, verbotenen Seiten. Die Zugangsdaten hat sie im Tagebuch ihrer Tochter gefunden. Normalerweise würde sie so etwas niemals tun, doch jetzt darf sie das, stellvertretend für ihre Tochter, denn diese vermag es selbst nicht mehr: Sie ist tot. Ermordet von einem Mann, den sie zuvor über einen Chatroom kennengelernt hatte. Viel zu rasch, übereilt und allzu vertrauensselig, wie ihre Mutter heute weiß, hatte sie sich auf diesen fremden Mann eingelassen, sich mit ihm verabredet, ihn auch getroffen und danach war sie tot. Man fand sie in einem Waldstück unweit der Finanzmetropole Frankfurt am Main. Ohne jegliches Mitleid hatte er auf ihr und in ihr gewütet wie ein wildes Tier. Nach all dem vielen Blut ringsum war es nur zu hoffen, dass es schnell genug für die arme Tara gegangen war.

Man hat sie bislang nicht gefasst, diese Mörderbestie. Die Mutter ist sich auch keineswegs sicher, ob die Polizei längerfristig wirklich viel Mühe auf den Fall verwendet hat. Anfangs wohl schon, als man gleich medienwirksam eine vielköpfige Sonderkommission zusammengestellt hatte. Auf streng polizeidienstliche Anordnung ins Leben gerufen, um diese Bluttat aufzuklären. Dann jedoch, als das öffentliche Interesse eingeschlafen war, sich die Medien auf frischere Beute gestürzt hatten, stellte man schrittweise weitere, weil erfolglos, Nachforschungen und Verhöre ein, ließ die Spurensuche im sprichwörtlichen Sande verlaufen. Die tote Tochter konnte sich ja nicht mehr darüber beschweren und ihr, der Mutter, hatte der leitende Kommissar ironischerweise versprochen, dass man, sollte der Mörder neuerlich zuschlagen, ihn an seiner „brutalen Handschrift" wiedererkennen und dann möglicherweise fassen werde. Doch ist das alles wenig tröstlich, und vor allem wäre es der Mutter nicht Rache genug. Deshalb macht sie sich jetzt selbst, eigenständig und ohne nach einer behördlichen Erlaubnis zu fragen, eigenmächtig, auf die Suche nach Taras Mörder. Und sie schwört sich, dass sie, sollte sie ihn zu fassen bekommen, so auf ihm wüten werde, dass er noch in seinem letzten Todesröcheln bedauern würde, überhaupt auf diese verdammte Welt gekommen zu sein. Sie werde ihm eine Talentprobe ihrer eigenen Gnadenlosigkeit geben und diesem Mörder voll Ingrimm die gefletschten Zähne in seine Weichteile schlagen. Für ihn dürfte dann so etwas wie die letzte Anrufung des Messias erfolgen!

Da sich Taras Mutter sicher ist, dass der Mörder an den Ort seiner Tat zurückkehren wird – eine durch die kriminalistische Literatur fundierte Erkenntnis – kann sie sich bei ihren minutiösen Vorbereitungen alle Zeit der Welt nehmen: Der Mörder wird sich melden, denn er wird wissen wollen, was da geschieht. Anfangs wird er nicht so recht verstehen, um was es sich handelt. Deshalb muss erst sein Interesse geweckt und dann seine Lust geschürt werden. Er soll an Taras Spuren kleben und hecheln wie ein liebestoller Wolf. Dabei würde die Mutter ihm eine subtile Falle stellen, deren Verlockungen er sich nicht entziehen kann. Sie hat vor, an seine niedersten Instinkte zu appellieren, ihn mit demselben Fleisch zu ködern, an dem er sich zuvor bereits so ausgiebig bedient hat.

Natürlich kostet es die Mutter zu Beginn ihrer Vorbereitungen eine ganze Menge an Überwindung, die Facebook-Seite ihrer ermordeten Tochter aufzurufen und zu aktualisieren. Merkwürdig ist es schon, wenn eine Tote scheinbar wiederbelebt wird. Eine virtuelle Auferstehung ihrer Person, an der Tara eigentlich gar keinen Anteil hat. Aber das ist in dieser Situation auch absolut gleichgültig. Die sozialen Netzwerke erlauben und fördern nicht bloß die Lüge, nein, sie fordern nachgerade dazu auf, in jeglicher Weise zu manipulieren. Wer nicht lügt, dass sich die Balken biegen, der ist von vornherein schon mehr als verdächtig! Also lügt die Mutter, was Taras Facebook-Seite nur an Unwahrheiten hergibt. Behutsam, aber konsequent beginnt sie mit ihrer strategischen Trauerarbeit.

Wer jetzt Taras Seite anklickt, der verliert sich in einem Lügenschrein, den ihre Mutter als düsteren, obskuren Raum ausschmückt. An dessen Stirnseite steht ein offener Sarg aus Ebenholz. Ob dieser Sarg von einer Leiche belegt ist, das kann ein neugieriger Besucher nur mutmaßen, aber nicht erkennen. Zur linken und zur rechten Hand sind jeweils drei schwarze Kerzen entzündet, deren unruhige Flammen in einem unsichtbaren Luftzug flackern und zucken und damit mystische Schatten auf die dahinter liegende Wand werfen. (Gerade dieses Spiel von Hell und Dunkel hat Taras Mutter, die sich eigentlich nicht gut mit Computern auskennt, viel Schweiß und Anstrengung gekostet). Über dem Sarg hängt ein Bildnis von Tara, aufgenommen, bevor sie geschändet und ermordet worden ist. Weiße Rosen, ihre Lieblingsblumen, stehen in einer kostbar verzierten Porzellanvase. In einem Gefäß aus gebranntem Ton entfalten Räucherstäbchen, die, obschon man sie natürlich auf der Facebook-Seite nicht riechen kann, mit ihren gekräuselten Rauchfäden eine stark psychedelische Wirkung.

Unmittelbar nachdem sie die Seite ihrer Tochter mit weiteren Ornamenten und Zutaten aktualisiert hat, melden sich schon die ersten Besucher. Ehemalige Freunde begrüßen dieses rituelle Tun, finden, dass Tara keinesfalls vergessen werden darf, und drücken erneut ihre tiefe Anteilnahme aus. Natürlich freut sich die Mutter über diese ausnahmslos positive Resonanz, wenngleich ihr heimliches Anliegen darin besteht, Taras Mörder auf diese Seite zu locken, um mit ihm in Kontakt treten zu können. Sie ist sich sicher, dass er der Versuchung nicht widerstehen kann zurückzukommen, um sich über ihren Tod hinaus daran zu delektieren. Doch sein Besuch auf Taras Internetseite allein wäre zu wenig, denn es bliebe dann bei der bloßen Optik. Seine Augen würden das Zimmer genau abtasten, seine ekligen Gedanken einige Zeit darin verweilen und dann wäre er unerkannt verschwunden. Hin und wieder würde er nochmals vorbeischauen, um zu erfahren, ob es etwas Neues gäbe, das sich für ihn lohnen könnte. Doch irgendwann würde er für immer wegbleiben, weil irgendwo neue, stärkere Lustimpulse seine Aufmerksamkeit gefesselt hielten. Mithin darf Taras Mutter ihn, wenn er tatsächlich auftaucht, nicht mehr entkommen lassen. Ununterbrochen ist sie deshalb online, gönnt sich fast keinen Schlaf, um ihn nicht zu verpassen.

Dann endlich! Da! Das ist er! Unverfroren schickt er eine Freundschaftsanfrage, sein Bild bei Facebook: Ein Werwolf! Er dringt ein wie ein Dieb, der sich hier zu Hause fühlt, aber sie lässt sich nicht erschrecken. Sofort signalisiert sie ihm, dass sie seine Anwesenheit bemerkt habe und Kontakt zu ihm aufzunehmen wünsche. Er ist total überrascht, denn er konnte ja keineswegs damit rechnen, dass die Facebook-Seite seines Mordopfers jemals reaktiviert werden würde. Sofort fragt er an:

„Wer bist du? Was machst du auf ihrer Seite? Bist du mit ihr befreundet?"

Die Mutter antwortet ihm, dass sie Taras Tochter sei, die die Internet Seite ihrer toten Mutter in Pflege übernommen habe. Genau das ist der Köder. Damit will sie seine mörderische Lust entfachen. Er soll frisches Fleisch, blutige Beute wittern. Sie muss sich ihm als potentielles Opfer verkaufen. Und sofort fragt er auch schon nach:

„Ich wusste gar nicht, dass Tara eine Tochter hat. Wie alt bist du den?"

Er hat sich vertippt oder kann es nicht besser, schreibt „denn" nur mit einem N. Das macht die Aufregung; er beißt an! Sie antwortet, dass sie 9 Jahre alt sei und ihre Mama sehr vermisse. Dann fügt sie hinzu, dass sie gerne gewusst hätte, wer ihr Mörder sei, damit sie mit diesem einmal sprechen könne, um zu erfahren, warum er das getan habe.

Sie spürt sein Zögern. Noch geht er auf ihr Lockangebot nicht ein, will erst wissen, mit wem er es im Besonderen zu tun hat.

„Deine Mutter war doch noch ziemlich jung! Wie konnte sie denn da eine Tochter haben? Na, egal. Sag mal, wie heißt du und wie siehst du so aus? Kannst du ein Bild von dir hochladen? Ich mööchte dich gerne näher kennenlernen."

Na, bitte, geht doch! Schon wieder hat er sich vertippt. Er dehnt das Ö, woraus sich schließen lässt, dass ihn bereits die Lust fest im Griff hat. Taras Mutter beschreibt sich als 9-jähriges Mädchen, blickt dabei auf das Kinderfoto ihrer Tochter, als sie damals noch gemeinsam unbeschwerte Ferien erleben durften. Dazu schildert sie ein paar Einzelheiten, von dem weißen Kleid bis zu den roten Schuhen. Aber das reicht ihm nicht, er fordert noch genauere

Details. Nur allzu gut kann sie sich vorstellen, wie sehr es ihn erregt, mit der angeblichen Tochter seines Mordopfers zu korrespondieren. Allein der Gedanke daran bereitet der Mutter Übelkeit, aber sie darf sich ja nichts anmerken lassen, wenn sie ihn nicht verlieren will. Doch so leicht macht sie es ihm dennoch nicht, ignoriert seine begehrlichen Wünsche, fragt stattdessen nun selbst:

„Wer bist du? Woher kennst du meine Mama? Bist du ein ehemaliger Freund von Ihr? Kenne ich dich vielleicht vom Namen her?"

Nun dauert es bei ihm eine ganze Weile, ehe er antwortet. Sicher hat er genau überlegt, was er ihr sagen darf. Soll er mit der Wahrheit herausrücken oder seine Identität weiter verheimlichen? Letztlich aber entscheidet er sich für den Frontalangriff. Offenbar verspricht er sich mehr davon, als im Dunkel zu bleiben. Sie ist erleichtert, dass er nicht zu lange um den heißen Brei herumredet. Genau das will sie, denn wie sonst sollte sie an seine persönlichen Daten kommen? Er muss erst reuig Farbe bekennen, damit sie ihm danach unter falschen Tränen angeblich verzeihen kann. Da sie ein dummes, unschuldiges Mädchen zu spielen hat, werden sie sich schnell miteinander befreunden. Ihre Chats werden immer vertraulicher. Schließlich wollen sie sich sogar treffen und sich von Angesicht zu Angesicht aussprechen. Genau dies ist die Psychologie der ultimativen Heuchelei: Keiner wird es dem anderen auch nur ansatzweise verraten, dass er oder sie ebenfalls ermordet werden soll. Nur noch einige wenige, aufmunternde Einladungsworte seitens des vorgeblichen jungen Mädchens und er wird sein Geständnis ablegen. Als er antwortet, ahnt sie bereits die Tippfehler, die seinen Gemütszustand ausdrücken:

„Ich binn der ..., na ja, also, ich habe ddeine Mama umgebracht!"

Natürlich zeigt sie sich ob seiner Offenheit geschockt, ihr kindliches Entsetzen über diese Gräueltat scheint schier grenzenlos. Er beeilt sich, entschuldigende Erklärungen nachzulegen:

„Ich wollte es ja gar nicht tun. Ich weiß selbst nicht, wie es dazu kam. Wir hatten uns an diesem Tag doch so gut verstanden. Irgendetwas ist dann passiert, ich weiß auch nicht. Da lag deine Mama einfach auf dem Boden und war tot. Ich war fürchterlich erschrocken, wollte sie noch wiederbeleben. Vergebens! Sie wollte einfach nicht mehr aufwachen. Ich schämte mich so. Aus Angst lief ich weg, versteckte mich. Danach konnte ich nachts nicht mehr ruhig schlafen. Ich träumte von ihr, wie sie mir freundlich zulächeln würde. Ohh, wie gerne würde ich alles rückgängig machen, die ganze Schuld auf meine Schultern laden, wenn ich es nur könnte! Ich schäme mich vor ihr und vor dir. Sicher kannst du mir jetzt nicht mehr verzeihen, oder?"

Dieses unglaubliche Lügenmaul! Dieser elende, abgefeimte Heuchler! Nein, diesem Schwein auch noch verzeihen, das konnte, wollte und würde sie auch nicht! Stattdessen würde sie ihn aufschlitzen und ausweiden! Alle Knochen einzeln brechen! Und seine Eingeweide würde sie den Raben und Krähen auf dem Schindacker zum Fraße vorwerfen, auf dass er ewiglich keine Ruhe mehr finde!

Sie äußert ernste Zweifel, ob sie das könne, zögert mit einer positiven Entscheidung. Er ist begierig auf ihre Antwort, spürt ihr Schwanken, wirft psychostrategisch einen fetten Angelhaken aus, um ihren vorgetäuschten Widerstand zu brechen:

„Bitte, wenn du nur irgendwie kannst, bitte, dann verzeih mir! Und wenn du jetzt noch nicht so weit bist, dann versprich mir, dass du es irgendwann einmal tun wirst! Bitte! Auch ein Täter besitzt ein Herz, das brechen kann! Gib mir wenigstens ein kleines Zeichen, vielleicht ein Foto von dir!"

Er „bittet" um Verzeihung, als handelte es sich um eine Bagatelle wie ein vergessener Geburtstagsgruß, und verlangt im selben Atemzug schon wieder etwas unglaublich Persönliches von ihr! Sein Leib und seine Psyche müssen einem mitleidlosen, hungrigen Wolf gehören. Dennoch, da sie auf kleines, dummes Mädchen spielt, schickt sie ihm das Kinderbild von Tara, um ihn endgültig zu ködern. Prompt kommt die Antwort:

„Du siehst deiner Mutter unglaublich ähnlich. Es ist, als wäre sie in dir auferstanden. Du bist so wunderschön! Bitte verzeih mir, dass ich weinen muss."

Diesem Schwein ist offensichtlich nichts, aber auch gar nichts heilig. Es erscheint ihr so unappetitlich, mit ihm in dieser Weise zu chatten, als wäre es nur eine Frage der Zeit, wann sie richtig dicke Freunde werden würden. Doch es muss ausgestanden, ihr Ekel überwunden werden. Aber sie schwört sich, dass er für diese Krokodilstränen mit einer Extraportion an Schmerzen würde bezahlen müssen. Je länger die Zeit des Wartens auf Rache dauerte, desto intensiver dürfte hernach die finale Befriedigung werden!

Wieder und wieder chattet er sie an, lügt, schwört und beteuert, bittet vordergründig um Vergebung, vermag dennoch seine wahren Absichten kaum noch zu verbergen. Mit seinem brennenden Verlangen, Taras vermeintliche Tochter gleichfalls in seine Gewalt zu bringen, sitzt er zwar fest an ihrem Haken, aber seine virtuelle Dominanz nimmt ihr fast den Atem. Nur mit viel Mühe gelingt es ihr, die aufsteigende Übelkeit bei jedem Mausklick zu unterdrücken. Oh, wie gerne möchte er das Mädchen doch treffen, sie endlich persönlich kennenlernen! Oh, wie brutal würde er sie vergewaltigen und nach Gebrauch bestialisch ermorden! Es gehört nicht viel Interpretationsphantasie dazu, dies aus seinen Zeilen herauszulesen. Er gibt vor, für seine böse Tat frische Blumen auf Taras Grab legen zu wollen. Er wisse nur nicht, wo es sich befinde, sonst wäre er längst dort gewesen, hätte vor ihr auf dem Boden gekniet und gebetet. Würde Taras kleine Tochter sich dort mit ihm verabreden, dann könnten sie dies doch gerne gemeinsam tun. Er setzt so viele schleimige Bitte, Bittes hinter seinen Vorschlag, dass selbst ein naives Mädchen darüber misstrauisch werden müsste.

Deshalb braucht Taras Mutter nichts weiter mehr zu unternehmen, denn er schlägt sofort ein erstes Treffen auf dem Friedhof vor. Er werde ihr weiße Rosen mitbringen, um die verlorene Unschuld wieder herzustellen.

Dann sein erster, gezielter Griff nach dem vermeintlichen Mädchen: Ob er auch ihr etwas mitbringen dürfe? Eine klitzekleine Kleinigkeit, über die sie sich freuen würde? Etwas Süßes vielleicht? Etwas, woran sie noch lange ihre Freude haben würde?! Sie geht auf sein Lockvogelangebot ein, lässt ihn wissen, dass sie nichts dagegen habe, und teilt ihm endlich die Koordinaten für die Grabstelle mit. Dann vereinbart sie mit ihm noch den genauen Zeitpunkt. Erneut wird er übergriffig, verlangt nach ihrer Handy-Nummer, aber die gibt sie ihm nicht. Er würde, dessen ist sie sich sicher, sie noch in dieser Nacht anrufen. Mit weinerlicher Stimme würde er sie unaufhörlich um Verzeihung bitten und sich dabei befriedigen. Jede Nacht würde er nutzen, um noch weiter in sie eindringen zu können.

Als er zu fordernd wird, droht sie mit Abbruch der Beziehung, was ihn sofort zum Einlenken bringt.

Eine halbe Stunde vor der verabredeten Zeit ist Taras Mutter auf dem Friedhof, läuft jedoch am Grab vorbei, bleibt zwei Gräber weiter stehen und betet hinüber zu ihrer armen Tochter. Dann nimmt sie eine kleine, scharfe Spitzhacke und bearbeitet das fremde Grab als wäre es ihr eigenes. Es ist ziemlich vernachlässigt und verlottert, kann eine pflegende Hand durchaus gebrauchen, die dem Wuchern des Unkrauts unerwartet Einhalt gebietet. Ein ehrenwertes, doch mühsames Tun, aber der Mann, der hier begraben liegt, würde es ihr in der Ewigkeit möglicherweise danken. Vielleicht war er im Leben ja sogar auch ein Vergewaltiger, ein treuloser Ehemann, ein herrischer Vater? Gleichviel, seine Ruhestätte dient ihr als ideale Tarnung. Dennoch entscheidet sie sich dafür, dass er ein guter, treusorgender Mensch gewesen sein muss, dem seine Familie über alles ging. Dieser kleine Trick macht es ihr leichter, sein Grab zu pflegen.

Dann trifft der wahre Unhold ein. Aus den Augenwinkeln heraus erblickt sie einen Mann, der lässignachlässig heranschlendert und an Taras Grab anhält. Seine Hände stecken in den Taschen seines Kapuzenshirts, in der Armbeuge hält er einen Blumenstrauß geklemmt. Verstohlen mustert sie ihn. Er sieht gar nicht wie ein Vergewaltiger aus. Etwa Ende zwanzig, ein harmlos wirkendes Jungengesicht. Billy, the Kid! Nicht sehr groß, aber schlank, mit dunklen, kurzgeschnittenen Haaren. Erst als er sich zur Seite wendet, erkennt sie eine breite Narbe auf der rechten Wange, die bis zum Mundwinkel reicht. Ein Fratzengesicht! Zeichen der Hölle? Möglicherweise konnte ihre Tara ihm mit ihrer kleinen Nagelschere diese „Erinnerung" an sie noch beibringen, bevor er sie tötete. Auch scheint die Narbe wie höhnisch zu grinsen, ist immer noch knallrot, als wäre sie frisch in die Haut geschnitten worden. Jedenfalls ist es ein kaum zu ertragendes Gefühl, diesen Mörder so nah zu erleben, nicht sofort aufzuspringen und mit ihrer Hacke an dieser Narbe anzusetzen, sie zu erweitern, bis kein Gesicht mehr zu erkennen sein dürfte.

Er hat tatsächlich Blumen mitgebracht, die er jetzt achtlos auf ihr Grab wirft. Aber es sind keine weißen Rosen, wie er versprochen hat, sondern ein Strauß bunter Tulpen, wohl an der nahe gelegenen Tankstelle gekauft. Unschlüssig stakst er eine Weile herum, ständig auf die Uhr und auf den Kiesweg blickend. Dann kommt er zu ihr. Die Situation ist makaber. Sie kniet an dem Grab eines ihr fremden Mannes, und Taras Mörder steht hoch über ihr, blickt auf sie herab, lässt seine Narbe leuchten. Welch ein Anblick! Nur schwerlich zu ertragen. Aus dieser Perspektive wirken seine Beine seltsam lang und dünn. Bei der Vorstellung, er könnte jetzt seine Hose öffnen, wird ihr schlecht. Dann aber würde sie ihren Dreizack mitten in seinen Schritt hineinschlagen und ihn mit aller Kraft zu sich herunterreißen. Der bloße Gedanke daran ist äußerst verlockend; die Wunde wäre sicherlich entsetzlich, und er würde bluten wie ein Schwein. Ihre Hand, die den Unkrauthaken hält, juckt und zuckt, dass sie diese kaum stillhalten kann. Dann spricht er sie an, ohne zu grüßen:

„Sind sie schon länger hier? Haben sie vielleicht ein junges Mädchen, so 9, 10 Jahre, hier an dem Nebengrab gesehen? Meine Schwester, wissen sie. Wir hatten uns hier am Grab meiner verstorbenen Frau verabredet."

Wie unverfroren er lügt! Seine kleine Schwester! Seine arme Frau! Taras Mutter muss an sich halten, um nicht laut aufzulachen, ist aber gezwungen, dieses Psychodrama, das sie selbst arrangiert hat, nun auch mitzuspielen. Deshalb fragt sie ganz harmlos:

„Blonde, lange Haare, hübsches Gesicht? Trägt ein kurzes, helles Sommerkleid? Hat eine Schultasche dabei? Ja, die habe ich gesehen. Wartete hier etwa eine Viertelstunde, dann ging sie wieder weg."

„Warum das denn? Hat sie nichts zu ihnen gesagt? Wohin ist sie denn gegangen?"

Taras Mutter zeigt in die entgegengesetzte Richtung, aus der er gekommen ist, heizt ihn noch zusätzlich an:

„Vielleicht schnappen sie sie noch, wenn sie sich beeilen. Sie hatte eine ziemlich schwere Schultasche dabei. Sehr weit dürfte sie damit nicht gekommen sein."

Wieder ohne Grußwort rennt er los, sucht das Phantom, will es fangen und zwingen, ihm zu Willen zu sein. Doch Phantome sind flüchtig wie Nebelschwaden und warten nicht, bis die Sonne sie verbrennt. Während er sucht, verlässt auch Taras Mutter den

Friedhof, ist jedenfalls lange vor ihm wieder zu Hause und wartet auf seinen Kommentar. Gleich überfällt er sie mit Vorwürfen, dass sie viel zu früh gekommen sei und nicht lange genug gewartet habe. Seine heiße Gier auf das Mädchen ist fast körperlich zu spüren.

„Wo, zum Teufel, hast du gesteckt? Ich habe erst ganz lange auf dich gewartet, dann hat mir diese Frau viel zu spät gezeigt, in welche Richtung du gegangen bist. Hast du denn keine Uhr? Du hattest doch deine Schultasche dabei? Du hättest mir doch besser deine Handy-Nummer gegeben, dann wäre das alles nicht passiert!"

Sie lässt seine Vorwürfe an sich abprallen, motzt ihn nun selbst an:

„Nein, ich war nicht zu früh! Wir hatten zwölf Uhr ausgemacht. Du hast dich vielleicht in der Zeit vertan. Jedenfalls hast du dich sehr verspätet. Die Frau am Nebengrab kann es bestätigen!"

Noch eine ganze Weile diskutieren die beiden das angebliche Missverständnis, dann lenkt er ein und sie vereinbaren ein neuerliches Treffen. …

Es hat den ganzen Vormittag geregnet, der Himmel ist dunkel bewölkt. Wieder kniet Taras Mutter vor dem unbekannten Mann, der ihr inzwischen schon recht vertraut ist. Sein Grab ist so gut wie unkrautfrei, und sie betrachtet stolz ihr Werk, dabei fast vergessend, warum sie eigentlich hier ist. Deshalb schreckt sie auch aus ihren Gedanken, als Taras

Mörder erneut über ihr steht und sie plötzlich anspricht:

„War meine kleine Schwester schon hier?"

Wieder dieses grußlose Eindringen in die Privatsphäre fremder Menschen. Sie tut so, als müsste sie nachdenken, greift vorsichtshalber zu ihrer Hacke und klopft die überschüssige Erde ab.

„Kannst du nicht antworten, Muttchen?"

Er ist ungeduldig und ärgerlich, seine Narbe leuchtet wie das rote Auge des Fegefeuers. Diesmal beeilt sie sich mit der Antwort, will ihn nicht noch mehr reizen.

„Wenn sie das blonde Engelchen vom letzten Mal meinen, dann muss ich sie enttäuschen. Nein, sie war noch nicht da, jedenfalls nicht, solange ich hier bin. Vielleicht kommt sie ja auch nicht, denn es sieht so aus, als würde es im nächsten Moment wieder zu regnen beginnen. Ich glaube, ich mache mich besser auch auf den Weg. Wenn hier alles nass ist, kann ich ohnehin nicht weiterarbeiten."

Schon fallen die ersten Tropfen. Die kommen ihr sehr gelegen, denn er hat keinen Regenschutz dabei. Wenn sie ihm anbietet, unter ihren Schirm zu kommen, könnte sie auf dem Rückweg vielleicht einiges über ihn erfahren, was sich dann gegen ihn verwenden ließe. Also spannt sie ihren Regenschirm auf, ermuntert ihn freundlich:

„Wollen sie mit drunter oder lieber warten und patschnass wie eine Katze werden?"

Er entscheidet sich, ihr listiges Angebot anzunehmen, scheint sich damit abgefunden zu haben, dass sein kleines Mädchen nicht mehr kommt. Vielleicht ist er auch wasserscheu, vergewaltigt nicht gerne auf nasser Erde. Fast herrisch nimmt er ihr den Schirm aus der Hand, trägt ihn selbst, weil er größer ist als sie. Obgleich es sie besondere Überwindung kostet, hakt sie sich ganz vertraulich bei ihm unter, mustert ihn von der Seite. So von links und ohne diese scheußliche Narbe wirkt sein Gesicht gar nicht so wie das eines bestialischen Mörders. Doch auf ihre diversen Anläufe, mit ihm ins Gespräch zu kommen, geht er nicht ein. Stur blickt er beim Laufen geradeaus, aber seine Wangenmuskeln bewegen sich, als würde er fortwährend fluchen. Schon bereut Taras Mutter ihr voreiliges Anerbieten, ihn mitzunehmen, als etwas Hartes, Rechteckiges ihre Hand in seinem Arm berührt. Sein Smartphone droht, ihm aus der Jackentasche zu rutschen. Geistesgegenwärtig ergreift sie die Gelegenheit, hilft ein wenig nach, packt es und lässt es blitzschnell in ihrer großen Einkaufstasche verschwinden. Dazu muss sie kurz stehen bleiben, aber da er weiter starr nach vorne schaut, sieht er nicht, wie sein Smartphone neben diesem Dreizack zu liegen kommt.

„Hier steht mein Auto", sagt er und gibt ihr den Schirm zurück. „Wenn sie die Kleine das nächste

Mal sehen, dann sagen sie ihr, sie soll gefälligst warten, bis ich komme."

Für wie blöd hält er sie, wenn das nichtexistente Mädchen doch angeblich seine Schwester sein soll? Dann ist er weg mit seinem schwarzen Mörderauto, ohne jedes Dankeschön oder gar einen freundlichen Abschiedsgruß. Auf beides kann sie pfeifen, hat sie doch weit mehr erreicht, als sie zu hoffen gewagt hätte. Aber jetzt heißt es, schnell zu verschwinden, bevor er feststellt, dass sein Smartphone nicht mehr da ist, und er zurückkommt. Seine Autonummer hat sie sich gemerkt und könnte darüber seinen Namen und die Adresse erfahren, sollte sein Phone gesichert sein. Aber sie braucht es nicht, denn das Smartphone ist entsperrt und erweist sich als wahre Fundgrube.

Natürlich beklagt er sich umgehend auf Taras Seite, dass sie nicht gekommen sei. Fast eine geschlagene Stunde habe er gewartet, sei pudelnass geworden. Er fürchte, sich eine ordentliche Erkältung eingefangen zu haben. Alles sei ihre Schuld. Natürlich will er bemitleidet werden und sie soll ein schlechtes Gewissen haben. Aber darauf fällt sie nicht herein, dreht den Spieß um, arbeitet mit glaubhaften Fakten. Wenn jemand nass geworden sei, dann sie. Immerhin habe sie ihn noch von Weitem mit dieser Frau vom Friedhof unter einem Schirm gehen sehen, habe laut gerufen, aber da sei er bereits in ein schwarzes Auto gestiegen und weggefahren.

Das sitzt! Gelegenheit verpasst! In ihrer Antwort kann Taras Mutter förmlich spüren, wie sehr er diese Frau vom Friedhof jetzt dafür hasst, dass er ihr Angebot nicht ausgeschlagen und noch eine Weile gewartet hat. Beim nächsten Mal, wenn sie ihn sieht, wird sie verdammt aufpassen müssen, dass er sie nicht kurzerhand massakriert. Ohnehin schäumt er vor Wut. Ihm sei überdies sein Smartphone weggekommen. Er würde sich nicht wundern, wenn dieses Weib es ihm unbemerkt geklaut hätte. Aber er werde ihr auf die Schliche kommen und sie bereits morgen auf dem Friedhof zur Rede stellen. (Er ahnt zu diesem Zeitpunkt noch nicht, dass es dort keine weitere Begegnung geben wird). Dann, wie all die Male zuvor, seine dringlichen Appelle an das vermeintliche Mädchen:

„Wann endlich kann ich dich sehen? Einmal muss es doch klappen. Ich will einfach nicht mehr länger warten!"

Gleich für morgen soll ein neuerliches Treffen verabredet werden. Wenn er schon wegen dieser Frau zum Friedhof gehen muss, dann könne man damit doch zwei Fliegen mit einer Klappe schlagen. Was er darunter versteht, kann sich Taras Mutter lebhaft vorstellen. Wieder bestimmt seine Dominanz, und das Mädchen willigt gehorsam ein.

Erst nachdem er sich verabschiedet hat, kann Taras Mutter die auf dem gestohlenen Smartphone gespeicherten Daten näher betrachten. Als sie auf die Fotos stößt, stockt ihr vor Entsetzen das Blut. Zum ersten Mal sieht sie die Bilder, die er von der toten Tara gemacht hat. Dort hat er sie, blutüberströmt am Boden liegend, in allen Stellungen abgelichtet. Die Polizeifotos hatte man ihr seinerzeit aus gutem Grund vorenthalten. Zudem hat ihr Mörder auch noch eine Reihe von Selfies geschossen, die ihn, mit einem breiten Grinsen neben ihr sitzend, zeigen. Während sie angeekelt die Fotos durchblättert, tauchen weitere Bilder von anderen jungen Frauen auf. Immer wieder das gleiche grauenhafte Szenario: Erst das Opfer im furchtbaren Detail, dann der Täter als Triumphator. Außerdem liefert sein Smartphone sämtliche Namen, Handynummern, email Adressen nebst Facebook Accounts.

Taras Mutter kann nicht mehr, muss diese Schweinerei aus der Hand legen, so übel ist ihr. Doch nach einiger Zeit stellt sich tiefe Genugtuung darüber ein, dass die Daten, die er ihr unfreiwillig geliefert hat, als Beweismaterial mehr als ausreichen. Kein Zweifel, dass er dafür lebenslänglich bekommen würde. Aber waren 15 Jahre mit anschließender Sicherungsverwahrung wirklich Strafe genug für diese Verbrechen? Sie beschließt, es nicht alleine entscheiden zu wollen. Ohne weiteres Zögern ruft sie sogleich über die Facebook Adressen die anderen Mütter der getöteten Töchter auf, übermittelt ihnen die Daten, stellt dabei auch die Entscheidungsfrage nach Gerechtigkeit und Sühne und wartet auf die Antworten.

Weit schneller, als sie gedacht hat, treffen die Ergebnisse dieser Blitzumfrage ein. Das Urteil erfolgt einstimmig. Offen bleibt lediglich die Frage nach dem Wie. Als auch das abgeklärt ist, wird ein Termin vereinbart, zu dem alle kommen werden. Alles Erforderliche wird mitgebracht werden.

Zwei Abende später klingelt Taras Mutter an seiner Wohnungstür. Als er öffnet und sie mürrisch fragt, was sie denn hier wolle, hebt sie nur vielsagend sein Smartphone in die Höhe. Mit einer herrischen Bewegung reißt er es ihr aus der Hand, blickt kurz darauf, sieht, dass es ausgeschaltet ist, und atmet auf.

Zu früh, denn sofort schieben sich auch noch die 4 anderen Mütter in seine Wohnung. Die eine, Aikido -Trainerin in ihrer Freizeit, nimmt sich seiner an und im Nu liegt er mit Handschellen gefesselt hilflos am Boden. Als die Frauen seine Wohnung untersuchen und die Schlafzimmertür öffnen, steht das blanke Entsetzen in ihren Gesichtern. Überall an den Wänden hat er Blow-ups gewisser Körperstellen seiner Opfer angeheftet!

Türe angewidert schnell wieder zu, und die Frauen machen sich an die schmutzige Arbeit. Beim Rundblick durch sein Schlafzimmer haben sie umgehend ihre Strategie gewechselt, geben sich nicht einmal mehr die Mühe, ihn ordentlich auszuziehen, sondern schneiden seine Kleider einfach direkt von seinem Körper. Seine Unterhose stopfen sie ihm in den Mund und kleben ein breites Pflaster darüber.

Danach packen sie seine Beine, ziehen diese bis hinter den Kopf und binden sie dort fest. Nun liegt er da, hilflos wie die Frauen in Afghanistan, deren vermeintliche Schuld darin besteht, dass sie angeblich westliche Dinge der Verführung durch die Sehschlitze ihrer Schleier begehrlich anschauten. Man pflegt ihnen die Beine hinter dem Kopf festzubinden und sie dann zur Strafe nackt am Straßenrand abzulegen, wo jeder Vorüberkommende sich ihrer bedienen kann.

Die Frauen hier tun dies jedoch nicht, sondern befüllen ein Klistierbehältnis mit Essigessenz und führen den dünnen Schlauch bei ihm ein. Auf diese Weise soll er am eigenen Leibe erfahren und nachvollziehen, wie man sich fühlen muss, wenn einem gegen den Willen etwas extrem Fremdes in den Körper hineingestoßen wird. Während der konzentrierte Essig rinnt, brauen sie sich einen Kaffee, sehen zu und dokumentieren alles in Wort und Bild. Da der Mörder bereits so liegt, dass die Flüssigkeit nicht abfließen kann, wird ihm nur noch ein fester Stopfen verpasst und das Klistiergerät gründlich gereinigt. Danach verlassen die Mütter die Wohnung, sie werden erst am folgenden Abend dorthin zurückkehren.

Taras Mutter, als alles vorüber ist, öffnet ein letztes Mal die Facebook Chronik ihrer Tochter. Sie ist jetzt nicht mehr so tapsig wie zu Beginn. Mit kundiger Hand lädt sie eine Filmsequenz hoch: Sie schließt jetzt den Deckel des Sarges, in dem jetzt ganz offensichtlich eine Person ruht, verschiebt die Räucherstäbchen in ihrer Schale und löscht die Kerzen.

Nach getaner Trauerarbeit löscht sie Tage später auch den gesamten Account.

„Killersymposion – eine einmalige Veranstaltung"

1. INTERN. KILLERSYMPOSION

Die Crème der Unterwelt in eleganten Cashmere Jacketts, teuren Seidenhemden und Gucci-Krawatten gibt sich die Ehre. Die wenigen anwesenden Damen tragen ausnahmslos Schwarz. Mit der einen Hand die Prada Clutch fest an den Körper gedrückt, sind sie dennoch jederzeit bereit, eine dieser tödlichen kleinen Pistolen zu ziehen; in der anderen Hand balancieren sie geschickt ihr Champagnerglas. Ihre Herren bevorzugen Whisky Sour, on the rocks oder schlicht mit tap water. Auffallend ist bei allen jene ominöse Ausbuchtung um die Schultern herum; unbewaffnet erscheint hier keiner. Bei aller gebotenen Vorsicht bleibt die Stimmung gleichwohl entspannt und es wird viel gescherzt und gelacht.

Für jenen denkwürdigen Abend hat man den Ballsaal in einem dieser noblen Hotels in der Innenstadt gebucht. Manch einer unter ihnen wäre zwar lieber aufs Land gefahren, doch die Großstädte bieten eben bessere und vor allem schnellere Fluchtwege, wenn etwas schiefgehen würde. Zur Not konnte man ja noch zu Fuß entkommen, sollte das Auto bereits von einer MP-Garbe durchlöchert worden sein. Außerdem stehen noch S- und U-Bahnen zur Verfügung. Alles handfeste Versicherungen gegen unliebsame Überraschungen, denn eigentlich ist ja jeder mit jedem verfeindet. Ausnahmen bildeten nur diejenigen, die bereits tot sind. Gerade deshalb erscheint es allen Beteiligten so wichtig, diesen Teufelskreis zu durchbrechen, dass man endlich einmal ohne Angst zusammenkommen kann, um über eine gemeinsame, weniger gefährliche Zukunft zu beraten. Mithin handelt es sich bei diesem ersten Symposion um ein außergewöhnliches Experiment mit einem gleichermaßen ungewöhnlichen Thema: Wie schütze ich mein Geld, ohne mich oder die anderen zu gefährden?

In der Tat eine wichtige, geradezu vitale Frage, auf die es so viele Antworten wie Verstecke und Spürhunde gibt. Zunehmend ist es schwierig geworden, das geraubte, erpresste, als Mörderlohn kassierte oder anderweitig ergaunerte Geld vor dem Zugriff fremder Finger sicher zu deponieren. Zumindest gilt das für die Zeit im Knast, wo man etwas in seiner Bewegungsfreiheit eingeschränkt ist. Wieder zurück im bürgerlichen Leben, denkt ohnehin keiner mehr daran, es mit irgendeinem anderen zu teilen. Bestimmt nicht freiwillig, doch möglicherweise unter dem Druck jener Ganovenkollegen, die man selbst in der Vergangenheit zum Teilen gezwungen hat. Bedauerlicherweise hatte man sich, da es nur höchst selten zu einer Einigung über die jeweilige Quote kam, für die Maxime des Alles oder Nichts entschieden. Diese wurde dann auch gegen berechtigten Widerstand rigoros durchgesetzt. Insofern ist es nur zu verständlich, dass ein kollektives Interesse an der Klärung dieser leidigen Frage besteht, denn schließlich konnte es jeden jederzeit treffen, der einmal einen schlechten Tag hatte. Vor den allzu dilettantischen Nachforschungen der Strafverfolgungsbehörden fürchtet sich hier dagegen niemand. Im Bedarfsfalle konnte man ja noch etwas an Bakschisch nachlegen entsprechend der Devise: Wer gut schmiert, fährt gut.

Die Gesellschaft der versammelten Bosse und ihrer zahlreichen Stellvertreter kann nur als illuster bezeichnet werden. Eigens aus Wien ist Strizzi angereist, ein Bordellbesitzer, der über eine ganze Armee von Mädchen gebietet. Jean-Marie, der kleine, agile Franzose, genießt es geradezu, seine Auftragsmorde noch brutaler als gefordert auszuführen. Freund „Grünspan", ein viel zu fetter Mann aus dem Kosovo, der kurz vor dem Schlagfluss steht und deshalb eigentlich einen hochroten Kopf haben müsste, aber gerade wegen seiner leicht grünlichen Gesichtsfarbe so genannt, ist Inhaber eines überaus erfolgreichen Inkasso Büros. Walter Turneysen aus dem Kanton Schwyz mit Spitznamen „Wälti" schießt zwar nicht mehr mit der Armbrust, dafür aber mit einer amerikanischen Pumpgun und entsprechend großkalibriger Munition, sodass von seinem Opfer nicht viel übrig bleibt, was die jeweiligen Gerichtsmediziner stets zur Verzweiflung treibt. Wälti, in einem streng geführten Waisenhaus aufgewachsen, hasst auf dieser Welt zwei Dinge: Nicht-Schwule und Franzosen.

Während die Männerriege der Ganoven ihre Scotchs blended oder straight schlürfen, entsteigen der S-

Bahn an der unterirdischen Haltestation noch zwei besonders schräge Vögel, ohne die das Symposion weit weniger schillernd erschienen wäre.

Nach einer letzten Lautsprecherprobe wird die Tagung durch die krächzende, vom Jahrzehntelangen

Alkohol- und Nikotinmissbrauch geschädigte Stimme des ehemaligen Panzerknackers Gerhard Feil, „Feile"genannt, eröffnet. Feile schlägt sogleich vor, statt einer langatmigen Begrüßungsansprache erst noch einen auf die alten Zeiten zu zwitschern, was allenthalben mit großem Hallo angenommen wird. Auf diese zungenlösende Weise fällt schnell jede noch so gespreizte Steifheit ab. Durch einfaches Handzeichen wird flugs ein dreiköpfiges Präsidium gewählt, welches dafür Sorge zu tragen hat, dass erstens stets ausreichend Getränke zur Verfügung stehen, und zweitens sich auch eine gewisse Linie leitmotivisch durch die nachfolgenden Rede- und Diskussionsbeiträge zieht. Das Symposion nimmt Fahrt auf.

Ein geneigtes Fachpublikum ist hier versammelt. Die Mehrzahl der Teilnehmer kennt sich seit Jahren oder Jahrzehnten, haben sie doch in den diversen Haftanstalten oftmals ein halbes Leben miteinander verbracht. Eine Verurteilung zu „lebenslänglich" gilt da als hohe Auszeichnung. Die meisten von ihnen tragen sie mit Würde. Nur ein winziger Wermutstropfen trübt das heitere

Beisammensein. Leider gibt es einige Freunde, die an diesem Abend nicht anwesend sein können, weil ihnen selbst auf schriftlichen Antrag ihrer gewieften Anwälte hin kein Freigang gewährt worden ist. Dabei wären gerade diese Abwesenden hochinteressant, hatten sie doch ihr Geld „irgendwo" noch verstecken können, während sie ihre Strafe absitzen müssen.

Reichlich verspätet, aber immer noch früh genug, um sich in das allgemeine Geschehen einbringen zu

können, betreten die beiden mit der S-Bahn Angekommenen den großen Saal. Tom B. Stone und ihre Assistentin Ming Shu. Mit lautem Hallo werden sie empfangen, als handelte es sich bei ihnen um allerhöchste Ehrengäste.

Die Amerikanerin Tom B. Stone, selbst schon 1,90 Meter groß, überragt auf ihren hohen Absätzen die meisten der zu dicken Gangsterbosse, während die Chinesin Ming Shu, nicht weniger aggressiv und kampfbereit als der Franzose Jean-Marie, diskret sichernd hinter ihr bleibt und die Lage sondiert. Tom B. Stone hätte es eigentlich nicht nötig, an einem solchen Symposion überhaupt teilzunehmen, denn ihre ehemalige Geliebte, Gattin eines reichen Bankiers, der ebenfalls allzu früh verstorben war, hatte ihr testamentarisch das ganze Vermögen vermacht. Man munkelt, dass Tom B. Stone da sicherlich etwas nachgeholfen habe, doch nachweisen lässt sich Derartiges natürlich nicht.

Da es unter ihren Gangsterkollegen zu viele Neider gibt, die eher an ihrem Geld als an ihrer Wäsche interessiert sind, hat sich Tom B. Stone die exotische Ming Shu ins Boot geholt, die auf subtile Racheakte an lernunfähigen und -unwilligen Männern spezialisiert ist. Kein Wunder, wenn man sich ihre Vita betrachtet, in der es außer brutaler Gewalt und sexueller Ausbeutung keine weiteren Freuden gegeben hat. Ming Shu jedenfalls spricht niemals davon. In Gangsterkreisen gilt sie als die Erfinderin der sogenannten „Eier-Uhr", einem starken Edelstahlring mit einem elektronischen Sensorschloss, der, einmal um die Hoden gelegt, sich im Stundentakt um jeweils einen Millimeter enger zieht, bis das auf diese wenig angenehme Weise strangulierte Opfer alles verrät, was Tom B. Stone zu wissen begehrt.

Tom B. Stone kommt auch heute Abend nicht ohne Grund, hat noch einiges zu klären. Denn früher, zu Lebzeiten der Bankiersgattin und ihres Mannes, hat sie jeweils besagten Jean-Marie und seine speziellen Dienste engagiert, um erst den einen und dann die andere loszuwerden. Aber Jean-Marie ist danach bei ihr etwas in Ungnade gefallen, weil er permanent versucht, sie mit den Morden zu erpressen. Ming Shus Aufgabe an diesem Abend besteht darin, dem frechen und unersättlichen Franzosen derartige Mätzchen gründlichst auszutreiben.

Um, was zu dem ausgetüftelten Plan gehört, Jean-Marie anzulocken, soll Ming Shu ausgeschickt werden, grünen Tee zu besorgen, was in diesem Hotel einige Zeit in Anspruch nehmen dürfte, sodass ihre Chefin scheinbar schutzlos alleine steht. Prompt macht sich Jean-Marie auch an Tom B. Stone heran.

„Na, das ist ja eine freudige Überraschung dich hier zu sehen, meine liebe Tombstone! Sicher bist du

wegen der Geld-zurück-Garantie gekommen."

„Wie meinst du das, du kleiner, mieser Gauner?"

„So, wie ich es gesagt habe! Immerhin schuldest du mir noch Geld, viel Geld. Oder hast du das

vergessen? Deine Ex-Geliebte hat dich doch vor ihrem Tod noch überreich beschenkt. Soll der arme Jean-Marie davon gar nichts abkriegen?"

„Was höre ich da? Ich würde dir noch was schulden? Welches Geld denn? Du hast sogar zweimal dein Honorar von mir bekommen, du Ratte! Jetzt reicht's! Ich bin nur gekommen, weil ich hoffte, dich hier anzutreffen. Sonst findet man solche Ratten wie dich nicht einmal in ihren eigenen Löchern. Hier mein Vorschlag zur Güte: Eine allerletzte Zahlung in Höhe von 10 000 Euro und danach belästigst du mich nie mehr wieder! Abgemacht?"

Als Jean-Marie grinsend nickt, bedeutet sie ihm, ihr zu folgen und, abgedeckt von Ming Shu mit ihren

dampfenden Teetassen, übergibt sie ihm einen dicken Umschlag.

„Brauchst nicht nachzuzählen, Ratte, es stimmt schon. Doch merke dir! Kommst du noch einmal wieder mit der gleichen Masche, dann hast du deinen letzten Furz gelassen!"

Jean-Marie zieht zufrieden von dannen. Ihn interessiert der ganze Ablauf hier ohnehin nicht im Geringsten; ihm dient dieser Tagungsort einzig dazu, neue Kontakte zu knüpfen, sich mit seinen Diensten anzubiedern und womöglich Informationen aufzuschnappen, die ihm nützlich sein könnten. Mit seiner gut gefüllten Brieftasche fühlt er sich gleich wohler, denn in der letzten Zeit waren die Aufträge recht spärlich geworden.

Strizzi, umringt von seinen Mädchen, stellt sich ihm überraschend in den Weg, mustert ihn mit misstrauischem Kennerblick:

„Na, Servus, Jean-Marie! Bist merkwürdig fett um die Brust rum worn! Bist krank?"

Eines der Mädchen tritt von hinten an Jean-Marie heran und greift mit der Hand so rasch in seine

Jackeninnentasche, dass er nicht schnell genug reagieren kann. Der Briefumschlag mit den 10 000

Euro wechselt umgehend hinüber zu Strizzi, der jetzt mit einem Stiletto seine Fingernägel säubert. Jean-Marie will nach dem Mädchen schlagen, doch Strizzi stoppt ihn mit sanfter Stimme:

„Na, du's net, Jean-Marie, sie is fei mei Lieblingsfrau. Wannst net aufhörst, loss i mei Katzen auf di loos! Außerdem hob i gsehn, wie'd Tombstone di bezahlt hat. Sagst mir a wofür?"

Doch Jean-Marie ist schon weg, will zu Tom B. Stone. Die zeigt sich verärgert:

„Du schon wieder, Ratte? Hatte ich dir nicht geraten, ...?"

Aber Jean-Marie fordert jetzt kein neues Geld, sucht Hilfe und berichtet, dass Strizzi ihn ausgeraubt

habe.

„Er hat beobachtet, wie du mir das Geld zugesteckt hast, Tom B. Stone. Und er will wissen, wofür ich es bekommen habe. Seine Miezen sind hinter mir her. Sie werden mich foltern, wenn ich es ihnen nicht sagen will. Verdammt, Tombstone, wegen dir sitze ich in der Patsche!"

Tom B. Stone wird nicht gerne mit Tombstone angesprochen, aber sie erkennt, dass Jean-Marie die

Wahrheit sagt.

„Mach, dass du hier wegkommst! Ich regle das für dich. Dieser Wiener Melange werde ich in den

Kaffee spucken! Ming Shu, gib der Ratte dein S-Bahn Ticket, damit er nicht laufen muss, und etwas Geld für die Fahrt nach Hause!"

Doch Jean-Marie erreicht nicht mehr rechtzeitig den Nachtzug nach Paris. Inzwischen aber hat sich Ming Shu bereits auf der Damentoilette eingeschlossen. Tom B. Stone stöckelt zu Strizzi hinüber, hakt ihn unter.

„Komm, ich muss mal, Strizzi! Darfst dabei zusehen! Machst du doch gerne, oder?"

Sie erinnert sich genau, dass Strizzi etwas bizarrere Dinge und Handlungen liebt und keineswegs eine von seinen gewöhnlichen Nutten zur Lieblingsfrau gemacht hätte.

„Na, mach schon! Zier dich nicht! Darfst auch mal anfassen!"

Mit einem Griff, dem sich Strizzi nicht widersetzen kann und will, führt sie ihn aufs Damenklo, wo Ming Shu bereits wartet. Während Tom B. Stone den Widerstrebenden festhält, zieht ihm Ming Shu die Hosen herunter und legt ihm besagte Eier-Uhr an. Dann nimmt sie ihm das gestohlene Geld wieder ab und rät:

„Noch tut es nicht weh, mein Guter, aber in drei, vier Stunden wirst du alle Vöglein im Himmel zwitschern hören. Wenn du das Ding je wieder loswerden willst, dann mach dich rasch zum Bahnhof auf und kille diesen Jean-Marie, stoße ihn vor den Zug, das ist am unauffälligsten! Wenn du ihn erledigt hast, kommst du hierher in die Toilette zurück. Ich werde dir dann dieses Ding wieder abnehmen, und deine Miezen können dir deine brennenden Eier anschließend mit Schampus kühlen! Klar?"

Was bleibt Strizz übrig, denn das Ding in seiner Hose summt schon bedrohlich. Tom B. Stone überlässt dem entsetzten Strizzi großzügig ihr eigenes S-Bahn Ticket, spottet:

„Kennst du den Weg zum Bahnhof? Weißt du, wie man S-Bahn fährt? Die läuft unter der Erde, nicht wie die Straßenbahnen in Wien!"

Zu ihrer Assistentin gewendet, nachdem Strizzi verschwunden ist:

„Mach den„Feile" an, Ming Shu! Der soll sich um den Strizzi kümmern, wenn wir weg sind. Mal sehen, was der alte Panzerknacker noch so drauf hat."

Unterdessen ist Grünspan, der Inkassoexperte aus dem Kosovo, dabei, seine Grundsatzrede zu beenden:

„... schlage ich vor, dass wir uns künftig regelmäßig treffen. Könnte zu einem Jour fixe werden. Denn

wie wichtig derartige Zusammenkünfte sind, das beweist unser friedliches Miteinander an diesem schönen Abend. Ihr seht, meine Freunde, es geht auch ohne Gewalt. Früher hätten wir uns wegen ein paar lumpiger Euros gegenseitig ermordet, heute müssen es schon ein paar Handvoll mehr sein, bevor es dazu kommt."

In das allgemeine Gelächter und den donnernden Applaus können auch Tom B. Stone und Ming Shu aus eigener Erfahrung nur beifällig einstimmen. Nach diesen besinnlichen Überlegungen wendet man sich zunächst wieder heiteren Dingen zu. Auftragsgemäß hat Ming Shu „Feile" gefunden, versucht, ihn zu überreden, aber der will mit Strizzi absolut nichts zu tun haben.

„Ich mag diesen schleimigen Wiener nicht, Ming Shu. Der verdient sein Geld mit Dreck! Zwingt seine Mädels, Dinge zu tun, die normale Frauen nie tun würden. Aber wem sag ich das, Ming Shu, bist selbst durch die Hölle gegangen. Ich dagegen hatte einen ehrbaren Beruf, habe dafür auch bezahlen müssen und entsprechend lang gesessen. Ming Shu, lass den Strizzi ruhig ein wenig kreischen, sonst müssen das ja seine Mädels für ihn machen!"

Zu diesem Zeitpunkt freilich würde Strizzi sicherlich sogar gerne geschrien haben, doch da ist er

bereits tot. Dummerweise hat er Wendigkeit und Behändigkeit von Jean-Marie unterschätzt, der ihn, im allerletzten Moment, gleichsam aus den Augenwinkeln heraus, gesehen und sich zur Seite geworfen hat. Strizzi hat sich, gewissermaßen durch seinen eigenen Schwung, vor den einfahrenden Zug katapultiert und sich damit auf recht unappetitliche Weise aus dem Leben verabschiedet.

Während sich eine Sonderkommission der Polizei um den ausländischen Toten kümmert, kehrt Jean-Marie zurück, seine Gesichtsfarbe jetzt ungesünder als die von „Grünspan". Als er die Nachricht öffentlich bekannt macht, herrscht allgemeines Schweigen, doch nicht einmal seine Mädchen weinen ihm eine Träne nach. Tom B. Stone ergreift das Mikrofon:

„Mein herzliches Beileid, Mädels! Jeder von uns weiß, dass Strizzi kein guter Chef war, aber man kannte seine Fehler und Mängel, konnte sich darauf einstellen. Nun aber wird ein anderer kommen und euren Betrieb übernehmen. Einer, der anders ist als unser guter Strizzi. Vielleicht noch fieser, noch ekliger, noch raffgieriger. Ich bin ehrlich, ich mochte den Strizzi überhaupt nicht. Aber diesen anderen, der da schon mit den Hufen scharrt, den mag ich erst recht nicht. Der wird euch zeigen wollen, dass er noch besser, härter, erbarmungsloser sein kann. Mädels wehrt euch! Kommt zu unserem nächsten Symposion und berichtet! Lasst euch nicht unterkriegen. Unsere Solidarität und unsere guten Wünsche begleiten euch!"

Nach dieser emotionalen Ansprache gibt es bei den Mädels kein Halten mehr. Schluchzend umhalsen sie die so verständnisvolle Tom B. Stone. Ming Shu zieht Jean-Marie beiseite:

„Wir schicken dich nächsten Monat nach Wien. Schau dir den neuen Bordellbesitzer genau an! Sollte er wirklich noch gemeiner als dieser elende Strizzi sein, dann machst du ihn kalt, verstehst du! Dafür kriegst du eine Menge Geld von uns. Kannst uns vertrauen! Und hier hast du zurück, was wir ihm noch vorher abgenommen haben! Da staunst du, was? Aber keine weiteren miesen Spielchen! Einmalzahlung für Einmalmord! Ist das klar!"

Jean-Marie ist von der Großzügigkeit sichtlich gerührt. Doch bevor er nach Wien fährt, muss er sich,

zwecks Versicherung seiner Loyalität, von Ming Shu ebenfalls eine Eier-Uhr anlegen lassen, deren Elektronik erst dann aktiviert werden würde, wenn Jean-Marie wieder auf dumme Gedanken käme. Tom B. Stone und Ming Shu könnten zufrieden sein, doch hinter ihrem Rücken hat Jean-Marie bereits den arglosen „Feile" geködert.

„Mach mir diesen verdammten Apparat ab, Feile!"

Der weigert sich, hat ja schon bei Strizzi abgelehnt:

„Meinst du, ich will dein Ding vor meinem Gesicht bammeln sehen?"

Doch Jean-Marie lässt nicht locker:

„Weißt du eigentlich, Feile, woher diese Transe Tom B. Stone ihr Geld hat?"

„Na, geerbt eben, wie wir doch alle wissen."

Jean-Marie lacht:

„Klar, geerbt, aber von wem? Die ganze Sache sieht leider etwas anders aus, als du so denkst. Diese

Frau, von der Tom B. Stone ihr Geld hat, war mit einem Mann verheiratet, mit dem du doch

einmal befreundet warst. So weit ich mich erinnere, habt ihr zusammen ein Ding drehen wollen, das

zumindest für dich schief gegangen ist."

Als Feile nickt, fährt er fort:

„Ihr wolltet diesen großen Tresor in der Bank knacken, und dann hat die Polizei dich erwischt, aber den anderen eben nicht. Du hast dafür 9 Jahre gesessen und er nicht. Habe ich recht?"

„Feile" rechtfertigt sich:

„Er hat mir hinterher 60 000 Euro gegeben und meine Anwälte bezahlt. Das war nobel von ihm, denn

das hätte er nicht machen müssen."

Jean-Marie lacht zynisch:

„Ja, sehr nobel, wenn man vorher 2 Millionen erbeutet hat! Denn, was du nicht weißt, Feile, diese

Polizeisirene, die du gehört hast und die der Grund dafür war, warum du abgehauen bist, obwohl der Safe doch bereits offen war, das hast du dieser Transe Tom B. Stone zu verdanken. Sie hatte damals ein Verhältnis mit einem Polizeikommissar und der fuhr in seinem Wagen in jener Nacht um den Block herum und ließ seine Sirene ertönen. Während du wegliefst, räumten Tom B. Stone und dein feiner Freund seelenruhig den Safe aus, gingen mit einem Haufen Geld nach Hause und schoben die ganze Schuld auf dich. Genau so war das, Feile."

Jean-Marie unterschlägt freilich, dass er auf Tom B. Stones Geheiß diesen Freund später umgebracht

hat, damit die Witwe und Tom B. Stone sich auch noch dessen Anteil unter den Nagel reißen konnten.

„Verstehst du jetzt, Feile, warum diese verdammte Transe es nicht mehr nötig hat, krumme Dinger zu drehen? Sie schwimmt in Geld, aber eigentlich gehört es dir allein!"

Diese geballte Information muss der brave „Feile" erst mal verdauen. Wortlos macht er sich an die Arbeit, Jean-Marie diesen Stahlring durchzuschneiden. Natürlich geht das nicht ohne Tränen, Flüchen und Blutvergießen ab. Jean-Marie erinnert sich an die glorreiche Französische Revolution von 1789 und den hemmungslosen Einsatz der Guillotine in der Phase des Terreurs. Sein Kopf zumindest verbleibt auf den Schultern, selbst wenn diese nervös ob der Tätigkeit von „Feiles" Händen zucken.

Endlich von diesem Folterinstrument zwischen den Beinen glücklich befreit, fahren er und „Feile" gemeinsam nach Wien, um auf Tom B. Stone und Ming Shu zu warten. Schon aus reiner Neugier an der Personalnachfolge des Bordells würden diese beiden dort erscheinen, um den neuen Betreiber genauer in Augenschein zu nehmen.

Im Café Hawelka kommt es zur ersten Begegnung mit Jean-Marie; „Feile" hat sich verdrückt, soll noch nicht in Erscheinung treten. Tom B. Stone interrogiert:

„Ich habe gehört, dass „Wälti" den Laden übernommen hat und die Nutten ziemlich schikaniert. Warum hast du ihn noch nicht erledigt, Ratte?"

„Ich komme einfach nicht an ihn heran."

„Quatsch keine Opern! Geh hin und leg ihn um, sonst machen wir das mit dir!"

Auf ein Zeichen von Tom B. Stone hin aktiviert Ming Shu ostentativ die vermeintliche Eier-Uhr zwischen Jean-Maries Beinen. Der schauspielert gut, zuckt wie unter einem Hieb zusammen, gibt anscheinend klein bei:

„Okay, ich gehe. Wie viel Zeit bleibt mir?"

Tom B. Stone beschließt, dass er dem Franzosen heimlich folgt, während Ming Shu direkt zu „Wälti" gehen und diesen vor Jean-Marie warnen soll. Ihre Strategie ist simpel. Sie gehen davon aus, dass Jean-Marie unter dem Druck der Eier-Uhr rasch handeln muss. Es würde zum Schlagabtausch mit dem Franzosen hassenden Bordellbesitzer kommen, in dessen Verlauf beide zumindest verwundet wären, sodass Ming Shu ihnen den Fangschuss geben könnte. Ein sauberer Plan unter der Prämisse, dass die Eier-Uhr auch tatsächlich tickt!

Es kommt, wie es kommen muss: Tom B. Stone läuft selbst in einen Hinterhalt, aus dem sie lebend nicht mehr entrinnen kann. Von „Feile" zur Rede gestellt, will sie sich Jean-Marie greifen. Doch „Feile" dreht ihr die Arme auf den Rücken und der kleine Franzose ist kaltblütig genug, sie ohne Umschweife abzustechen. Als sie die Leiche nächtens in der Donau entsorgen, ist der naive „Feile" an der Reihe. Denn als er dem in die Fluten tauchenden Körper nachschaut, schubst ihn Jean-Marie kurzerhand ebenfalls ins Wasser. Da „Feile" zwar Panzerschränke und Eier-Uhren knacken, aber nicht schwimmen kann, geht er gurgelnd unter und folgt der Tom B. Stone auf den Grund der blauen Donau. Sichtlich zufrieden macht sich Jean-Marie auf, um nach Ming Shu und „Wälti" zu sehen. Ein Honorar von Tom B. Stone kann er verständlicherweise nicht länger erwarten, da er beabsichtigt, selbst das Bordell zu kontrollieren. Er, den das Leben nicht zum Adonis vorgesehen hat, würde sich jetzt das nehmen, was ihm versagt geblieben ist, könnte sich dann ungeniert und kostenlos reihum bedienen.

Seine Vision wird real, denn Ming Shu hat schon ganze Arbeit geleistet. Eigentlich hatte sie den „Wälti" nur warnen wollen, doch dann hatte sich überraschend die Gelegenheit ergeben, ihn mit seiner eigenen Pumpgun in Gulasch-große Stücke zu schießen.

Die arme Ming Shu! Jean-Marie hat sie in der Hand, erpresst sie mit seinem Wissen um ihre Tat. Nun, da Tom B. Stone nicht mehr da ist, sieht sie sich ihm schutzlos ausgeliefert. Jean-Marie zwingt sie, an ihr früheres Leben im Bordell anzuknüpfen und gleichfalls für ihn anzuschaffen. Ein ums andere Mal nimmt er sich selbst die Freiheit, sie zu benutzen, zu demütigen und zu verletzen. Tragischerweise, aber durchaus verdientermaßen, verheddert er sich irgendwann bei seinen perversen Spielen in seinen eigenen Stricken, mit denen er sie zu fesseln pflegt, und hängt, ohne sich befreien zu können, unentrinnbar fest. Ming Shu hat schon vorher vieles ertragen müssen, und auch Jean-Marie hat sie nicht brechen können. Mit geschickten Händen legt sie ihm ihre letzte Eier-Uhr an und wartet mit asiatischer Gelassenheit auf dessen Mutation zur Transe. Danach kehrt sie der Stadt an der Donau für immer den Rücken.

Wieder zurück in Frankfurt, arbeitet Ming Shu noch für eine Weile als Aushilfe in der Poststelle von

Grünspans Inkasso Firma, bis dieser, nicht unerwartet, wirklich einem tödlichen Schlaganfall zum Opfer fällt.

Zum 2. Internationalen Killersymposion wird Ming Shu erwartungsgemäß nicht eingeladen, doch sie bekommt Wind davon und geht demonstrativ hin. Durch einen Spalt in der Saaltür blickend, erkennt sie keinen der alten Vögel mehr. Versammelt sind stattdessen nur noch kleine Gauner, feige Hehler, gemeine Taschendiebe und jugendliche Automatenknacker, doch nichts mehr von Format. Ohne innere Emotion tritt sie das Schild, das auf die Veranstaltung hinweist, abfällig um und steigt dann mit ihrer Rückfahrkarte hinunter zu den Stationen von S- und U-Bahn.

Zeitfracht Medien GmbH
Ferdinand-Jühlke-Straße 7
99095 Erfurt, Deutschland
produktsicherheit@kolibri360.de